Issy Seymore lut le message affiché sur l'écran de son smartphone. Son taxi était déjà en route : l'heure H avait sonné.

Elle releva les yeux vers sa sœur qui la dévisageait avec appréhension. La phase finale du plan s'enclenchait. Vingt-six mois d'efforts quotidiens et de préparation méthodique allaient porter leurs fruits ! Tous ces jours, toutes ces nuits de labeur, et les cogitations infinies… Chaque fois qu'elle avait rêvé de cet instant, Issy s'imaginait ivre de triomphe, à trépigner de joie et d'excitation. Elle ne s'attendait pas à sentir un poids aussi lourd que celui d'une enclume sur son ventre – ce ventre extra-plat qu'elle s'était donné tant de mal à discipliner, muscler, bronzer… puisque Gianni Rossi privilégiait un type de femmes bien précis, excluant d'emblée les petites brunes aux formes épanouies.

Vingt-six mois de préparation, mais en tout, dix ans de patience et de détermination, songea-t-elle avec fierté.

— On a raison de faire ce qu'on va faire ? On est d'accord ? interrogea Issy en sondant le regard sombre de son aînée.

Amélia hocha la tête avec gravité avant d'assurer :

— Oui. Mais si tu as des doutes et si tu préfères qu'on en reste là, tu peux le…

— Non, coupa-t-elle. Aucun doute. Juste le trac.

Avec un sourire compréhensif, Amélia passa les mains sur ses bras, comme pour conjurer un frisson. En matière de stress, sa sœur en connaissait un rayon ! Les ombres mauves qui cernaient ses yeux témoignaient de son incapacité à trouver le sommeil depuis cinq semaines. C'est-à-dire depuis qu'elles savaient que les planètes s'étaient enfin alignées, afin que leur plan longuement mûri puisse se concrétiser.

Amélia avait couru des risques inouïs pour les conduire jusqu'à la rampe de lancement. Pendant deux années entières, elle avait infiltré le camp ennemi, la peur au ventre à l'idée d'être démasquée. Car à leur corps défendant, les sœurs Seymore avaient pu mesurer le degré d'inhumanité des Rossi. Et puisqu'ils avaient détruit leur vie, le temps était venu de leur rendre la monnaie de leur pièce. Enfin, presque : impossible de reproduire la violence et les conséquences radicales de la déflagration initiale. La revanche ne pourrait être qu'une réplique tardive et assourdie du choc causé par les deux Italiens sur leur famille.

Pendant qu'Amélia combattait au front, en première ligne, Issy s'immergeait dans les recherches et les opérations sur Internet. Le moment était venu pour elle de quitter le confort de l'arrière-base et de se lancer dans la bataille.

Elle se leva de son siège et s'étira, relâchant chaque muscle de son corps, se hissant sur la pointe des pieds pour détendre, vertèbre par vertèbre, son mètre cinquante-cinq de hauteur.

Amélia laissa échapper un sourire ironique.

— N'oublie pas de garder tes chaussures quand vous serez ensemble. Il ne faut pas qu'il s'aperçoive de la supercherie avant d'être embarqué avec toi sur le yacht.

Issy ne put se retenir de s'esclaffer. Puis, elle se jeta dans les bras de sa grande sœur et la serra très fort contre elle.

— Surtout, tu m'appelles dès l'atterrissage, plaida Amélia.

— Promis.

— Tu n'as pas oublié d'emporter une grenade anti-drague-lourde ?

Amusée, Issy secoua la tête.

— Je n'en aurai pas besoin, tu le sais bien.

En s'écartant, son aînée posa les mains sur sa joue et la dévisagea avec un subtil mélange de confiance et d'inquiétude.

— Promets-moi d'être prudente. De ne pas courir de risques inutiles.

— Je ferai attention, assura-t-elle. Et toi aussi, sois sur tes gardes, OK ?

— Je le suis toujours.

Une alerte sonore avertit Issy que son taxi l'attendait. Après un dernier au revoir, elle prit une longue inspiration.

« Ça y est », pensa-t-elle. Il était temps de s'envoler pour les Caraïbes et de déclencher le plan qu'elles avaient mis dix ans à bâtir.

Dix jours plus tôt

Gianni Rossi savait toujours quand une femme s'intéressait à lui. La superbe blonde aux jambes interminables, installée au bar dans la section réservée aux membres VIP de l'un des trois clubs les plus chics de Londres, lui manifestait son intérêt sans équivoque. Elle avait franchi la porte avec une grâce féline, effleurant sa table de ses ongles artistiquement peints en rose, arrimant ses yeux aux siens. À peine juchée sur son tabouret, elle s'était retournée dans sa direction, vérifiant sans fausse pudeur qu'il la fixait, lui aussi. Enfin, son cocktail servi, elle lui lançait une nouvelle œillade appuyée tout en insérant une paille rouge cerise dans sa bouche, d'un geste à l'érotisme incandescent.

Or Gianni Rossi n'avait jamais ignoré une jolie femme lui accordant une attention aussi prometteuse. Il pria ses trois compagnons de table de l'excuser et rejoignit la charmante inconnue au bar.

— Puis-je ? demanda-t-il en désignant le tabouret près du sien.

Un regard d'un bleu très sombre se plongea dans le sien. Puis, la pulpeuse bouche rose murmura :

— Mais je vous en prie.

D'un geste, Gianni appela le garçon tout en s'enquérant :

— Un autre verre ?

— Volontiers.

— Un bourbon sec pour moi, monsieur. Et pour la dame, ce sera... ?

— Un mojito, s'il vous plaît, dit-elle au barman.

En attendant qu'ils soient servis, Gianni posa son œil d'expert sur l'inconnue.

Chevelure couleur miel, épaisse et brillante, cascadant sur ses épaules, de plusieurs tons plus claire que ses sourcils taillés à la perfection. Cou gracile, pommettes marquées, nez très droit et, de façon générale, traits dessinés avec finesse. Robe argentée à sequins, courte, à bretelles travaillées, qui ne venait pas de la première boutique au coin de la rue. La montre suisse à son poignet non plus. Quant aux diamants qu'elle portait aux oreilles, Gianni en reconnaissait la forme – signature d'un grand joaillier.

Cette sublime créature aux manières directes, munie d'un compte en banque confortable... n'aurait-il pas dû l'avoir déjà croisée quelque part ? Ici, à Londres, ou dans n'importe quelle métropole d'Europe ? Étonnant qu'il ne l'ait jamais remarquée lors d'une soirée, d'un gala, d'un vernissage ou d'une occasion quelconque...

— Gianni, annonça-t-il en lui offrant sa main.

Elle pivota sur son siège pour lui rendre la pareille, et un nuage de parfum l'envoûta aussitôt de ses subtils accords fleuris et entêtants.

— Issy, dit-elle.

— C'est la première fois que je vous croise au club, Issy,

répondit-il en savourant le contact de sa paume délicate contre la sienne.

L'inconnue reprit cependant sa main assez vite.

— Normal. C'est la première fois que je viens, révéla-t-elle.

Bon sang, la façon dont elle plongeait ses yeux d'outremer dans les siens aurait fait rougir un saint. Lentement, elle s'humecta les lèvres pour les poser sur la paille de son verre vide.

Cette fois encore, elle investit son mouvement d'une irrésistible charge sensuelle.

— Vraiment ? souffla-t-il.

Accoudé au bar, il était incapable de détacher son regard de son visage. Cette femme était fascinante. Une vraie bombe.

— Et qu'êtes-vous venue faire dans ce club ? Vous attendez quelqu'un, peut-être ?

La panthère blonde lui décocha un coup d'œil goguenard.

— Oui. Ma copine. Elle est en retard. Nous devons nous retrouver ici avant d'aller en boîte, Chez Amber.

— *Votre copine* ? répéta-t-il, paniqué à l'idée de l'avoir déjà perdue.

— Oui, railla-t-elle, les yeux brillants d'amusement. Une personne comprise dans mon cercle amical qui se trouve être une fille. La définition est assez précise ?

— Oui, merci, répliqua-t-il, soulagé.

— Vous aviez compris autre chose ? suggéra-t-elle d'un ton faussement ingénu.

— Vous savez très bien ce que j'avais compris.

Comme elle souriait avec une satisfaction visible, il insista :

— Alors ? Quelqu'un tient une place à part dans votre vie ?

Une lueur de fierté dans les yeux, elle haussa les épaules.

— La vie est trop courte pour qu'on en réserve une part bien précise à quelqu'un !

La spontanéité de cette réponse pleine d'esprit le réjouit autant que son ouverture à tous les possibles : il aimait que ses partenaires provisoires soient sur la même longueur d'onde que lui.

— Je suis d'accord à 100 %, renchérit-il.

— Ah ? Vous êtes célibataire, vous aussi ?

Il la fixa droit dans les yeux pour susurrer :

— Toujours.

— Vraiment ? Cela mérite un toast, répondit-elle en repoussant son premier verre, comme pour faire de la place à ceux qu'ils attendaient.

Puis, l'imitant, elle posa son coude sur le marbre et son menton sur son index. D'une voix sirupeuse, elle s'enquit :

— Gianni... Vous êtes italien ?

— *Si*, acquiesça-t-il.

— Ah... Un gladiateur intrépide, peut-être ? Armé d'une solide endurance dans l'arène ?

— Ma foi, il m'est arrivé de recevoir ce compliment, approuva-t-il, de plus en plus séduit par son petit jeu.

— Je n'en doute pas, répondit-elle.

Le barman déposa les alcools devant eux.

— Au célibat, lâcha Gianni d'un ton gourmand, levant son verre de bourbon.

— Aux récréations d'adultes, répliqua-t-elle, sans le quitter des yeux, tout en insérant sa paille entre ses lèvres d'un petit coup de langue.

Son geste était tellement suggestif qu'il sentit son sang bouillir dans ses veines.

Une vibration se fit entendre dans le sac de la jeune femme qui se saisit de son smartphone.

— Excusez-moi, dit-elle en consultant l'écran.

Il la regarda répondre brièvement à un message.

— Désolée, reprit-elle après avoir rangé l'appareil. Je vais devoir partir.

— Quoi ? Déjà ? protesta-t-il, consterné.

— Eh oui. C'est l'anniversaire de Camilla et elle a pris du

retard : elle n'a plus le temps de me rejoindre ici. Son chauffeur vient de la déposer Chez Amber et elle me l'envoie. Il sera sur le parking d'ici cinq minutes.

Lui décochant un regard provocateur, elle ajouta :

— Vous pouvez vous joindre à nous. Je suis sûre que Camilla n'y verra pas d'inconvénient.

Gianni avait eu maintes fois l'occasion de rencontrer la clientèle britannique très huppée et la carte des cocktails au champagne de Chez Amber, une boîte chic de Mayfair. Il appréciait cet endroit. À contrecœur, il désigna la table où l'attendaient ses trois comparses.

— Je suis déjà pris pour une soirée poker, mais... je peux vous rejoindre plus tard cette nuit, si vous me le permettez ?

La jeune femme finit son mojito. En reposant la paille, elle lui dévoila sa bouche humide, si pulpeuse, si semblable à une fraise bien mûre.

— Je vous l'aurais volontiers permis si je n'étais pas contrainte de rentrer tôt, ce soir, expliqua-t-elle. Au plus tard au douzième coup de minuit, je serai chez moi. Sinon, mon carrosse redeviendra une citrouille.

Il n'y avait rien de plus séduisant qu'une femme sachant ce qu'elle voulait, pensa-t-il. Cette Issy pilotait ses loisirs avec génie : elle savait où, quand et comment elle souhaitait faire de ses désirs une réalité.

Non sans admiration, il contempla ses longues jambes. La blondeur de sa chevelure. L'harmonie de sa silhouette.

Elle présentait une forte personnalité, elle était superbe et elle avait envie de lui : que demander de plus ? C'était la compagne idéale pour quelques nuits voire quelques semaines de plaisirs intimes.

— Je devrais peut-être me coucher tôt, moi aussi, suggéra-t-il d'un ton rauque. Cela ne me ferait pas de mal...

Un sourire taquin apparut sur le visage d'Issy.

— Si attrayante que soit la proposition que vous ne me faites pas, je dois la décliner. Je m'envole pour La Barbade demain matin et j'ai besoin, au préalable, de sommeil réparateur.

— La Barbade ? répéta-t-il.

En se levant de son siège, elle hocha la tête.

— Oui, mon yacht est amarré au port de plaisance de Bridgetown. Je navigue toujours deux mois, l'été.

— Ça alors... Quelle coïncidence : je pars moi-même pour les Caraïbes d'ici deux semaines.

La jeune femme le dévisagea en haussant les sourcils.

— Non, c'est vrai ?

— Mais oui. Nous pourrions nous retrouver sur place, si ça vous tente ?

Elle ne prit même pas la peine de faire semblant d'hésiter. Avec détermination, elle se pencha à son oreille et chuchota avec langueur :

— Oh oui. Ça me tente *beaucoup.*

Gianni sentit ses muscles durcir sous l'effet d'un désir ardent, mais la jeune femme recula très vite pour sortir son téléphone de son sac.

— Vous me donnez votre numéro ? demanda-t-elle.

Dès qu'il l'eut récité, elle avertit :

— Mon carrosse est arrivé.

— Alors allez-y, avant qu'il ne se change en citrouille.

Les yeux brillants, elle conclut :

— Ravie de vous avoir rencontré, Gianni.

Puis, pivotant sur ses talons aiguilles, elle traversa le bar d'une démarche chaloupée, aussi sûre d'elle et féminine que les femmes fatales dans les productions hollywoodiennes.

Gianni la suivit du regard jusqu'à ce qu'elle disparaisse. Après avoir commandé un autre bourbon, il rejoignit ses amis. Ils mettaient au point le déroulement de leur partie de poker quand son mobile l'avertit de l'arrivée d'un message :

La balle est dans votre camp. À bientôt j'espère pour une récréation d'adultes dans les Caraïbes.

Issy

Aussitôt, il répondit :

J'en brûle d'impatience. À très, très bientôt !

G.

Issy héla le premier taxi qui passait et s'engouffra précipitamment à l'arrière.

— Nelson Street à Brockley, indiqua-t-elle au chauffeur.

La distance jusqu'à sa bonne vieille banlieue paisible et populaire lui permettrait de retrouver son calme, espéra-t-elle, tandis que son cœur martelait à ses tempes des coups lourds et frénétiques.

Oh ! bon sang. *Elle l'avait fait*. Allons, elle pouvait respirer, maintenant : *elle l'avait fait* !

D'un geste libérateur, elle ôta les infâmes escarpins qui lui donnaient l'impression d'avoir offert ses pauvres pieds à des instruments de torture. Quatre centimètres de plateforme invisible et douze de talons ! Marcher là-dessus avec naturel : ça aussi, *elle l'avait fait* !

D'une main tremblante, elle envoya un bref texto à Amélia qui, elle le savait, retenait son souffle en attendant d'avoir de ses nouvelles.

Ça a marché ! Pris à la ligne et solidement harponné ! Je rentre à la maison, bisous.

Après avoir rangé le téléphone, elle ferma les yeux et renversa la nuque contre l'appuie-tête. Elle se sentait malade. Mais aussi surexcitée, terrifiée et épuisée. Le fatras de ces émotions reposant sur un estomac vide – et deux mojitos.

Plus l'échéance de leur plan approchait, plus elle s'était sentie nerveuse – rongée par l'angoisse, en fait.

Lorsque Amélia avait commencé à travailler au cœur du siège de Rossi Industries, elle lui avait promis de trouver de solides preuves de la corruption des deux cousins. Car Issy avait autant besoin que sa sœur d'être sûre qu'elles étaient dans le droit chemin. D'avoir la garantie qu'il ne s'agissait pas seulement d'une démarche personnelle, qu'elles épargnaient d'autres victimes potentielles en s'engageant dans cette vendetta, qu'elles protégeaient des familles entières du sort si cruel qu'avait subi la leur.

Et puis, enfin, trois jours auparavant... Amélia avait crié victoire !

Issy sentit les mojitos remonter le long de son œsophage et serra les poings pour faire refluer la nausée. Elle aurait voulu effectuer la même opération avec le souvenir du visage de Gianni Rossi la dévorant toute crue, de son regard de Casanova...

Mais plus que tout, elle aurait aimé oublier la trahison de son propre corps et les sensations électrisantes qui pulsaient dans ses veines, tout le temps qu'ils avaient passé au bar, en tête à tête, à échanger sous-entendus et invitations indécentes.

Un jeu très dangereux qui ne faisait que commencer.

Rob Weller, grand architecte et vieil ami de Gianni, avait la fâcheuse habitude d'arriver systématiquement en retard. Il fit son entrée au club au moment où le barman lui servait son second bourbon.

Après avoir salué les trois hommes, il s'attabla avec eux et leur jeta un regard inquisiteur :

— Vous avez vu la bombe qui vient de sortir d'ici ? Je viens de la croiser, dehors.

Stefan s'exclama

— Oui, nous l'avons *vue*. Mais Gianni, lui, vient de passer un bon quart d'heure à la brancher.

— Je suis juste allé bavarder avec elle, mentit Gianni.

— Tu plaisantes ? Je t'ai vu lui donner ton numéro.

Cette fois, il ne put réprimer un sourire de fierté. Il garda cependant le silence : non seulement parce qu'il ne s'épanchait jamais au sujet de ses conquêtes, mais aussi parce qu'il ne comptait pas vendre la peau de l'ours.

La conversation exquise et prometteuse qu'il venait d'avoir avec la belle Issy en restait, pour l'heure, à l'état de conversation.

Cinquante semaines par an, il se consacrait corps et âme au travail. Certes, il ne s'interdisait pas de faire la fête et de s'amuser le week-end, mais les affaires passaient en premier.

Son cousin Alessandro, dit Andro, obéissait au même dogme – le travail d'abord. Raison pour laquelle ils étaient des associés idéaux. Ils avaient été élevés pour ainsi dire comme des frères et, à douze ans, ils s'étaient promis de creuser un sillon professionnel bien à eux, loin de leurs monstres de pères respectifs. À force de labeur acharné, ils avaient lancé leur entreprise de développement immobilier, désormais solidement implantée à l'international et générant des bénéfices chiffrés en centaines de millions de dollars annuels.

Gianni et son cousin différaient portant sur un point : la notion de loisir. Andro ignorait de quoi il s'agissait, ne respirait que l'air de son bureau et ne connaissait rien du monde en dehors du business. Il était rarissime qu'il s'offre un jour de congé et, puisqu'il ne fréquentait jamais personne en privé, Gianni l'appelait parfois « le moine ». Pourtant, son cousin admettait l'altérité : contrairement à lui, Gianni avait absolument besoin de recharger ses batteries et ses deux semaines de vacances d'été aux Caraïbes se révélaient cruciales, non négociables et gravées dans le marbre du calendrier de Rossi Industries.

Andro avait toujours respecté cette quinzaine de coupure totale, au cours de laquelle Gianni ne décrochait pas une seule fois son téléphone professionnel.

— Non, c'est vrai ? demanda Rob. La blonde aux jambes de déesse, dans sa robe argentée très chic ?

— Oui, celle-là, acquiesça Stefan.

— Eh bien dis donc… Chapeau, l'artiste ! J'avoue que j'ai songé à me précipiter avant elle sur la banquette arrière du taxi qu'elle a hélé : j'étais prêt à provoquer une querelle pour avoir une chance d'entamer la discussion avec elle.

— C'est assez tordu, observa Gianni.

— Je ne trouve pas, et de toute façon, sans ruse, comment veux-tu que j'espère attirer l'attention d'une femme dans son genre ? Elle appartient à la haute société, elle aime les bijoux, les voyages, les vêtements sur mesure. D'un coup d'œil, elle peut se faire une idée de mon compte en banque et me renvoyer sur la touche. Toi, Gianni, tu n'as jamais eu ce problème parce qu'avec ton portefeuille et ton réseau de…

— Attends un peu, coupa-t-il en fronçant les sourcils. Tu dis qu'elle hélait un taxi ?

Rob haussa les sourcils.

— Oui, acquiesça-t-il.

— Tu ne l'as pas plutôt vue monter dans une voiture qui l'attendait ?

— Non. Elle s'est avancée sur la chaussée et elle a levé le bras en direction d'un taxi. Pourquoi ?

Gianni conserva un visage impassible.

— Pour rien.

Étrange. Issy lui avait dit que son amie lui envoyait son chauffeur… Pourquoi ce mensonge ?

Il avala une gorgée de bourbon et sourit. La seule chose qu'il aimait encore mieux qu'une femme assumant ses désirs et sa sexualité, c'était une énigme très sexy ne demandant qu'à être élucidée.

Décidément, il avait hâte que commence son congé annuel aux Caraïbes ! Une « récréation » ? Oui, le séjour promettait pour le moins d'être *récréatif* !

Dans le taxi, dès qu'elle sentit ses brûlures d'estomac s'apaiser, Issy passa à l'étape suivante et composa un numéro.

— David ? s'enquit-elle quand son interlocuteur décrocha. C'est Isabelle.

— Issy ! s'écria la voix de son ami couverte par la musique et la rumeur bruyante d'une fête. Qu'est-ce que je peux faire pour toi, ma chérie ?

— Eh bien, ça y est. Le moment est venu.

— Le moment ? Quel moment ? répliqua David, visiblement désarçonné.

— Tu sais bien : le yacht ! rappela-t-elle.

Un long silence pesa sur la ligne. Enfin, il reprit :

— Quand te le faut-il ?

— Pour vendredi prochain.

— Quoi ? s'étrangla son ami. Tu me dis ça maintenant ?

— J'admets que le délai est court mais c'est ce que je t'avais annoncé. Tu te souviens ? Je t'ai toujours dit que le jour où j'aurais besoin de ce yacht, il y aurait urgence à me le mettre à disposition.

Il lâcha un long soupir.

— Et tu en as besoin pour quinze jours complets ? La durée n'a pas varié non plus ?

— Oui, exactement, acquiesça-t-elle. Deux semaines.

— Avec une équipe de navigation ?

Agacée, elle s'efforça de garder un ton calme.

— Oui, David. Un yacht d'un minimum de douze mètres avec son équipage, comme convenu quand j'ai échangé cette prestation contre six mois à ton service sans un centime de salaire.

David aimait se présenter comme courtier mais en réalité, il était plutôt un concierge pour super riches. Besoin d'un jet privé pour un week-end ? David serait votre homme. Envie d'organiser une fête de dernière minute sur une île privée ? David vous fournirait la plus belle plage exotique, le meilleur traiteur, un orchestre magique. Une croisière en yacht avec une cinquantaine d'invités fêtards ? Un seul réflexe : appeler David.

Deux ans plus tôt, tandis qu'Amélia faisait son entrée dans les très chics bureaux londoniens de Rossi Industries, Issy avait pris un congé sabbatique de six mois, lâchant son poste d'auxiliaire médicale pour occuper celui d'assistante polyvalente auprès de David. Un travail harassant, au rythme de cent heures par semaine et pourtant, si Issy n'avait pas été la meilleure amie de la sœur de David, il lui aurait réclamé *une année entière* en échange de la mise à disposition d'un yacht de luxe, équipage compris, pour deux semaines.

En tout cas, personne ne pourrait accuser les sœurs Seymore d'avoir manqué de rigueur dans leurs préparatifs, leurs recherches, la mise au point de leur plan, pensa Issy alors que le taxi s'engageait dans sa rue.

À regret, elle remit ses escarpins de torture et se dirigea tant bien que mal vers le hall de l'immeuble. Naturellement, aujourd'hui comme à peu près la moitié de l'année, l'ascenseur était en panne et elle allait devoir grimper l'escalier. Ce mauvais concours de circonstances lui rappelait le jour où elle avait appris que les démons existaient.

Un jour gravé dans sa mémoire avec une clarté unique et définitive.

C'était un dimanche. Sa mère avait préparé le traditionnel rôti de bœuf. Issy avait épluché et coupé les légumes, Amélia se chargeait de la pâte du Yorkshire pudding et de la sauce au fromage.

Pendant le dîner, les parents avaient autorisé leurs filles respectivement âgées de quinze et treize ans à boire un demi-verre de vin rouge. Puis, ils s'étaient demandé s'ils devaient faire manquer une semaine d'école à leurs filles afin de profiter plus longtemps de leur séjour en Italie, dans leur villa. Naturellement, ni l'un, ni l'autre ne pouvaient se douter qu'à trois mois de là, les deux sœurs quitteraient définitivement leur établissement, puisque l'argent servant à payer les frais de scolarité aurait disparu.

Et quand la sonnette d'entrée avait retenti, à table, aucun membre de la famille n'imaginait ce qui était sur le point de se produire. Brenda, la gouvernante, ne travaillait jamais chez eux le dimanche et leur mère, une belle brune aux yeux bleus, vive et joyeuse, toujours élégante, s'était levée pour ouvrir.

Une minute après, à son retour dans la salle à manger, elle affichait un visage décomposé. Blême, elle avait murmuré quelques mots à l'oreille de son mari ; à son tour, celui-ci s'était levé et les avait quittées.

Issy avait encore dans la bouche le goût de la pomme de terre rôtie qu'elle venait de croquer lorsque les cris s'étaient élevés depuis le bureau de leur père. Sans un mot, les deux fillettes et leur mère avaient abandonné le repas pour se faufiler dans le couloir.

Malgré le fort accent étranger, les mots ignobles prononcés par deux voix masculines tombaient les uns après les autres avec le tranchant d'un couperet.

— Tu es fini, le vieux ! Plus vite tu l'accepteras et mieux cela vaudra pour toi !

— Tout ce qui était à toi nous appartient, désormais, espèce de sale vermine ! T'as intérêt à t'y faire.

— Tout, *absolument tout* est à nous !

— Oui, *tout*. Dis adieu à ta société !

Des pas claquèrent ensuite sur le marbre du hall. Issy et Amélia se tinrent serrées dans les bras l'une de l'autre en regardant les deux monstres sortir du bureau de leur père. Des hommes jeunes, aux cheveux d'un noir de corbeau, vêtus de superbes costumes, comme les gangsters dans les films qu'elles n'avaient pas le droit de regarder…

Eux, en revanche, ne virent ni l'épouse ni les enfants de l'homme qu'ils venaient de clouer au pilori.

De ce jour-là, le temps se figea. En quittant son bureau plus tard dans la soirée, leur père avait l'air d'avoir pris vingt ans. Le lendemain matin, les adolescentes terrorisées, qui avaient partagé le même lit en repoussant le même cauchemar, virent apparaître dans la cuisine un homme aux cheveux blancs. Le phénomène s'était produit en une nuit seulement ; un an après, rongé par l'alcool et la dépression, Thomas Seymore lâchait son dernier souffle. En moins de dix ans, leur mère s'effaça, elle aussi. Pâle fantôme de la vibrante personnalité qu'elle avait été, elle se révéla peu à peu incapable de se lever sans prendre un stimulant, ou de se coucher sans somnifère.

Issy et Amélia n'avaient jamais été particulièrement proches, avant ce dimanche-là. Par l'âge, oui ; mais rien de plus. Chacune aurait préféré crever les yeux de l'autre plutôt que de se montrer aimable avec elle… Pourtant, à compter de ce soir fatidique dans leur vie, elles devinrent inséparables. Les Rossi les avaient unies au-delà de tout ce qu'ils auraient pu imaginer s'ils avaient daigné accorder une pensée aux gamines innocentes dont ils faisaient des dommages collatéraux, des détails insignifiants dans leur haine envers leur pauvre père.

Un lien unique s'était tissé entre elles. Un lien d'acier tendu vers une cause et une seule : la vengeance.

En cet instant, pour la première fois depuis dix ans, Issy sentit quel goût aurait cette vengeance.

2

Le *Palazzo delle Feste* brillait de tout son éclat sous le soleil des Caraïbes, mais Issy serait restée bouche bée même sous une pluie battante.

Incrédule, elle se retourna vers David.

— Ce n'est pas possible... Comment as-tu fait pour obtenir un bateau pareil ? Et *pour moi* ?

Il glissa la main dans ses cheveux avec modestie – ou avec gêne.

— Tu le sais, je suis un magicien, répondit-il, une pointe d'humour dans la voix.

D'un ample geste du bras, Issy désigna le yacht amarré devant elle et s'écria :

— Un magicien ? David, ce n'est pas du tout ce que je t'avais demandé !

« Six mois de travail sans rémunération en échange du prêt d'un yacht moderne d'un minimum de douze mètres pour deux semaines, équipage inclus » : tels étaient les termes du contrat, se rappela-t-elle.

Il fallait que le yacht passe pour la petite folie ou le joujou de luxe d'une femme indépendante et fortunée, oui, mais... pas de l'une des femmes les plus riches du monde ! « Douze mètres », avait-elle stipulé : ce qu'elle avait sous les yeux en mesurait au moins le triple !

Elle réprima un soupir et se mordit les lèvres. Mieux valait ne pas vexer David.

— Il est magnifique, nuança-t-elle. Vraiment, c'est une splendeur. Mais c'est trop.

Elle allait donner l'impression à Gianni Rossi qu'elle caracolait au firmament de la clique des milliardaires de ce monde. Ce n'était pas l'effet voulu. La richesse, oui – elle-même avait été riche autrefois, après tout – mais *ça* ? Ce yacht la situait dans le périmètre des fortunes de la Silicon Valley ou des oligarques !

— Il me faut quelque chose de plus petit, conclut-elle avec fermeté.

— Désolé, ma chérie, répondit David du même ton. C'est rigoureusement impossible. La haute saison a commencé. Tout est réservé, les bateaux comme les membres d'équipage, et les propriétaires qui louent leur yacht le reste de l'année le reprennent pour trois mois. Si tu as autre chose en tête, vise le chalutier à crevettes ou le canot gonflable.

— Mais David… Ce n'est pas ce qui était convenu ! plaida-t-elle.

— Mon poussin, malgré la pénurie, je me suis débrouillé pour te trouver la crème de la crème des grands yachts et par un heureux concours de circonstances, il est à toi, réservé à ton usage exclusif dans les Caraïbes. Et tu te plains ? Enfin ! Regarde cette merveille !

Se retournant vers le vaisseau, il énuméra :

— Si c'est vraiment la vitesse que tu recherches, un speed boat et un jet ski sont à ta disposition. Tu disposes de deux piscines, un salon de beauté, un mini-casino, une salle de projection, un spa, un hammam… Tu as même un *slide* pour nager en pleine mer !

— Un quoi ?

— Un toboggan pneumatique : la Rolls des joujoux pour un super yacht !!

Le nom de l'engin signifiait « palais de la fête », songea-t-elle. Il était conçu pour le divertissement et rien d'autre.

— Le propriétaire sait que tu le confies gracieusement à un particulier pour quinze jours ? s'enquit-elle, étonnée. Quel est ce fameux concours de circonstances ?

Ce genre de paradis flottant obtenait un franc succès auprès de la jeunesse dorée, et sa location rapportait des sommes fabuleuses. Or le tarif était prohibitif : le convoyage, les frais de fonctionnement, l'entretien et le salaire de l'équipage représentaient un coût minimal de cent mille livres *par semaine*. Issy avait passé six mois immergée dans ce marché, en tant qu'assistante de David : elle connaissait les besoins exorbitants de ces bateaux de luxe et elle savait que si on lui facturait le prix réel de cette location, elle aurait plutôt dû travailler pour David Reynolds pendant une dizaine d'années.

— Ne me pose pas de questions et je ne te mentirai pas, lâcha-t-il évasivement.

Comme elle fronçait les sourcils, il posa les mains sur ses épaules pour la faire pivoter et la contraindre à regarder le bateau.

— Je t'en prie, Isabelle... Détends-toi ! Tu es aux Caraïbes, tu disposes d'un navire incroyable pour t'offrir les vacances de ta vie, et tu as vingt personnes à ton service pour quinze jours. Gratuitement. Il ne te reste qu'une chose à faire : en profiter ! Savoure chaque seconde, et n'oublie pas que tout est offert à bord : si tu veux prendre un bain de champagne, tu n'as qu'à demander.

Elle fronça les sourcils. C'était absurde.

— Tu n'as vraiment rien de plus petit ?

Cette fois, David planta un regard moqueur dans le sien.

— Tu connais la définition de la stupidité ? Poser la même question encore et encore, en espérant que la réponse va changer.

De l'autre côté du port, derrière la belle balustrade en pierre de sa terrasse privée, Gianni se tenait face à la mer, jumelles aux yeux. Il n'avait pas perdu une miette de l'échange entre Issy et le courtier. Sa belle arnaqueuse semblait très insatisfaite du marché imposé par son interlocuteur – nul besoin de la bande-son pour s'en convaincre. Non sans amusement, Gianni avait contemplé le langage corporel de la jeune femme, et sa façon de revenir à la charge, de négocier, de parlementer... jusqu'à maintenant : car enfin, elle avait l'air de se résigner.

Il en fut certain lorsqu'il la regarda monter à bord du *Palazzo delle Feste* avec le courtier. Le capitaine les rejoignit, et elle lui serra la main.

Bien joué, David, pensa-t-il en posant les jumelles. Ce Reynolds semblait avoir interprété son rôle sans rien laisser deviner du dessous-de-table. La carotte d'un quart de million de dollars si l'arnaqueuse acceptait ce yacht était bien trop alléchante. Pour un type comme lui, c'était le pactole de la décennie : Gianni lui avait déjà versé cent mille dollars !

Au diable l'avarice. Le renseignement avait un prix qu'il était trop heureux de payer pour prendre l'arnaqueuse à son propre piège.

Il lui envoya un message :

Je viens d'atterrir. Hâte de vous revoir,

G.

Comment savait-il que c'était une arnaqueuse ? L'instinct. Il ne se trompait jamais. Une seule fois, par le passé, il avait ignoré ce que lui dictait son flair, au prix de conséquences désastreuses.

Et en l'occurrence, la réalité confirmait ses soupçons.

Le scénario était génial. Une très jolie femme pénètre dans un club réservé aux hommes riches et puissants et cherche à en ferrer un. Elle joue sa partie à la perfection : regards troublants, sourires séducteurs et, pièce de résistance, son enthousiasme pour la vie de célibataire. À mots couverts, rendez-vous est pris pour une aventure torride entre deux personnes à pied d'égalité puisqu'elle a tout fait pour apparaître comme une actionnaire de la jet-set ; elle fréquente les boîtes huppées, elle arbore des diamants, elle est propriétaire d'un yacht. Le signe égal posé dans l'équation financière entre la prédatrice et sa proie, c'est la signature d'une grande, d'une *très* grande arnaqueuse : quel meilleur moyen, en effet, de tuer dans l'œuf tout soupçon chez le nabab pris pour cible ?

Ah oui, décidément, elle s'était montée magnifique. Si Rob ne l'avait pas surprise en train de héler un taxi, Gianni n'aurait jamais nourri le moindre doute. Il n'aurait donc pas prié un vieil ami de La Barbade d'enquêter discrètement dans le port de plaisance de Bridgetown au sujet d'une belle blonde prénommé Issy qui y laissait son yacht à l'année.

Naturellement, sur place, personne ne voyait de qui il pouvait s'agir. En revanche, tout le monde savait que David Reynolds, le courtier maritime anglais, cherchait désespérément à louer n'importe quel yacht mouillé à Bridgetown, et que la date à laquelle il le lui fallait absolument tombait – par le plus grand des hasards – le jour où Gianni arriverait ici !

Il avait donc envoyé son ami discuter avec David Reynolds. Contre une généreuse rémunération, le nom de la bénéficiaire de la location avait enfin été lâché : une certaine Isabelle Clements.

Ainsi, il avait vu juste. La belle Issy, alias Isabelle Clements, était une arnaqueuse.

Son téléphone vibra : c'était elle.

Quelle coïncidence ! Je rentre au port à l'instant. On se retrouve pour l'apéritif Chez Freddo un peu plus tard ?

Ils avaient échangé des douzaines de messages et quelques coups de fil depuis leur rencontre. Gianni éprouvait un immense plaisir à la bombarder de questions et à imaginer le prochain mensonge qu'elle allait lui servir. Il avait eu droit à un festival d'inventions : « Oh ! j'ai juste passé la journée en plongée », « J'étais chez des amis à Sainte-Lucie, vous connaissez ? Il faut absolument que vous veniez visiter, cette île est fa-bu-leu-se ! ». Rien n'égalait le bonheur de l'entendre en direct, quand elle était sûre de le mystifier et qu'il faisait semblant de la croire religieusement. Car chaque fois qu'il la plaçait en difficulté, elle déjouait le piège et il avait l'occasion de mesurer son esprit, sa repartie, son intelligence et... son sens de l'humour. Une arnaqueuse aux jambes de déesse et qui aimait rire ? Quel homme aurait résisté ?

Il envoya promptement sa réponse.

Et comment ! Je suis fou d'impatience. Dîner ? Rendez-vous à 19 heures ?

G.

Aussitôt, il reçut confirmation :

Parfait !

Bien. Fort bien. Il se sentait prêt à aborder le deuxième acte. La partie pouvait reprendre.

Issy s'efforça de ne pas céder à la panique. Elle devait faire embarquer Gianni sur son yacht au plus tard le lendemain. Le problème serait moins de convaincre l'Italien de la suivre que d'avoir l'air de la propriétaire d'un bateau pareil, auquel elle ne connaissait rien.

Bon sang, elle s'était pourtant toujours montrée très claire dans sa demande ! Sur l'instant, elle était tellement furieuse contre David qu'elle avait eu envie de le jeter par-dessus bord. Six mois de travail acharné sous ses ordres, quasiment un esclavage... Comment osait-il ne pas respecter sa part du contrat ?

Les sœurs Seymore s'étaient démenées comme des lionnes

pour peaufiner et verrouiller chaque aspect de leur plan. La dernière chose dont Issy avait besoin pour rendre son personnage vraisemblable, c'était d'un palace flottant. Spa, piste de danse et mini-casino... Quel désastre ! Elle aurait peut-être dû accepter le chalutier à crevettes.

Seul point positif, David lui avait néanmoins promis-juré qu'aucun membre d'équipage ne mettrait en cause la version officielle : pour tout le monde à bord, la propriétaire du *Palazzo delle Feste*, c'était elle.

Ayant parfois été chargée de recrutements et de contrats des personnels maritimes du temps où elle travaillait pour David, Issy n'ignorait pas qu'en effet, la discrétion et le respect des clauses de confidentialité figuraient au sommet de la liste des compétences dans ce corps de métier. Mais cela signifiait aussi qu'elle allait devoir se montrer autoritaire. Donner des ordres. Non seulement elle n'aimait pas ça, mais elle avait le talent d'un ours en peluche dans ce domaine.

Après avoir pris une photo de sa chambre, celle de la plus belle cabine, elle l'envoya à Amélia, sans oser lui avouer quel mauvais coup David venait de lui jouer : inutile de plonger son aînée dans l'angoisse alors qu'elle avait une opération très délicate à mener, depuis les bureaux de Rossi Industries. En effet, sa sœur allait encourager un accord avec une société tierce qui n'avait rien à voir avec la présentation qu'elle en avait faite. Les conséquences seraient tellement catastrophiques pour l'entreprise des deux cousins qu'ils devraient mettre la clé sous la porte : une vraie fin de conte de fées pour elles !

Or, les deux sœurs avaient compris depuis longtemps que, pour porter un coup fatal à l'entreprise, il fallait séparer les têtes pensantes de Rossi Industries. Ensemble, ils étaient solides comme un roc, indestructibles : leurs talents étaient si remarquables et si complémentaires qu'ils n'avaient jamais commis une seule erreur. Il fallait donc que la signature du contrat avec la société tierce relève d'une urgence absolue et qu'elle soit exécutée en solo, par un seul Rossi, *parce que l'autre serait irrémédiablement injoignable.*

Diviser pour mieux régner : le vieil adage avait du bon, et les sœurs Seymore auraient recours à tous les moyens nécessaires pour parvenir à leurs fins. Elles *devaient* l'emporter, songeait Issy en enfilant tant bien que mal des sandales à plate-forme, puisque les talons aiguilles étaient formellement interdits sur le pont du yacht. Non sans avoir écumé les boutiques, elle avait réussi à trouver un modèle lui offrant près de quatorze centimètres supplémentaires sans que la semelle ne trahisse, visuellement, cette hauteur, grâce à un motif de rayures en forme de vagues.

Gianni la croyait aux Caraïbes depuis dix jours : elle avait été contrainte de se faire enduire au jet de faux bronzage à Londres, et elle vérifia une dernière fois ses jambes dans le miroir. Elle n'avait pas envie de décevoir sa victime !

Gianni sourit.

Elle arrivait. Avec un déhanchement de danseuse, ses longues mèches blondes cascadant sur ses épaules, vêtue d'une robe-chemise vert d'eau qui mettait en valeur sa peau bronzée, l'arnaqueuse traversait le restaurant dans sa direction.

En gentleman, il se leva pour l'accueillir.

Un sourire éclatant le remercia, et elle posa une main délicate sur son bras pour claquer deux bises invisibles sur chacune de ses joues. À défaut de sentir véritablement le contact de sa peau sur son visage, il eut droit à un nuage de parfum qui l'envoûta aussitôt, de même que le regard dont elle le gratifia. Ce regard d'un bleu si rare, très foncé, aussi lumineux qu'insondable.

Bon sang, il n'avait pas enjolivé son souvenir. Elle était d'une beauté et d'une sensualité inouïes.

— Eh bien ! Finalement, nous nous retrouvons ici ! s'exclama-t-elle en prenant place face à lui.

Gianni suivit chacun de ses mouvements, et regarda l'étoffe légère de la robe révéler ses cuisses comme elle s'asseyait. Des cuisses galbées comme celles des héroïnes de films d'aventures et d'une teinte d'or sombre.

Il observa aussi l'échancrure de son décolleté. Deux boutons étaient ouverts, lui laissant tout loisir d'apercevoir une bretelle de soutien-gorge en dentelle noire. Une omission délibérée, bien sûr.

Gianni avala une gorgée de bière tandis que le garçon déposait un verre devant sa compagne avant de filer vers une autre table.

— Oui. Enfin, répondit-il. J'espère ne pas vous donner l'impression d'être cavalier mais j'ai pris la liberté de vous commander un mojito. Je me suis rappelé que vous appréciez cette boisson.

Les grands yeux au bleu si singulier se mirent à pétiller.

— Au contraire, je vous en remercie. Et j'admire votre mémoire.

Ils restèrent quelques instants à se regarder et à faire semblant de profiter de l'ambiance de la terrasse. À échanger des sourires émerveillés, comme s'ils n'en revenaient pas de se retrouver, comme par extraordinaire, au cœur des Caraïbes après une rencontre fortuite à Londres.

Gianni songeait à la quantité phénoménale de films et de romans d'espionnage, de comédies ou de thrillers qui avaient donné naissance au personnage de l'arnaqueuse qu'elle interprétait pour lui. Le cliché de la femme fatale qui se sert de son avantageuse anatomie et du désir masculin pour s'emparer de la fortune d'un riche imbécile. À sa place, peut-être qu'un autre aurait été vexé, voire scandalisé de faire l'objet d'une tentative d'escroquerie de ce genre.

Pas lui. Il se fichait éperdument d'être le morceau de

viande dans la toile tissée par Issy Clements. Ou plutôt, il s'en réjouissait. Le plaisir qu'il éprouvait dans l'anticipation de son petit jeu, pour voir jusqu'où elle oserait aller… Oui, ce plaisir-là valait son pesant d'or.

Il y avait longtemps qu'il n'avait pas ressenti le frisson de l'excitation. En tout cas, pas à ce niveau ! Certes, il ne se plaignait pas de sa vie. Il ne la jugeait pas ennuyeuse. Mais Alessandro et lui avaient créé leur entreprise en affrontant tant d'adversité et en y investissant tant de passion que, en comparaison, le quotidien d'un grand patron paraissait sage. La victoire menait à un chemin de stratégie à long terme et de petites batailles, après d'immenses guerres de conquête. Or à tout juste trente ans, Gianni n'avait pas perdu le goût de l'aventure. Il cherchait, côté vie privée, un peu de nouveauté en choisissant sa prochaine compagne parmi les très nombreuses candidates qui l'abordaient dans les soirées, les galas, les réceptions. Hélas, son succès facile lui donnait parfois l'impression d'être un enfant au ventre plein de sucreries errant dans les rayons d'une immense pâtisserie.

Issy Clements le projetait hors de son décor. De la nouveauté, elle lui en offrait à chaque parole qu'elle prononçait… le défi en plus !

Un cadeau pareil ne se refusait pas. Il sourit de toutes ses dents et lui décocha un regard très appuyé avant de reprendre :

— Alors dites-moi, vous venez souvent à La Barbade ?

3

Oh ! non. Ce genre de drague balourde, ça existait encore ?

Non sans mal, Issy s'efforça de ne pas trahir son irritation. Ce type était tellement sûr de lui, ivre de son pouvoir de séduction, certain de produire son petit effet sur les femmes… qu'il renonçait d'emblée à fournir le moindre effort en termes d'esprit ou de finesse.

C'était humiliant. Parce qu'elle savait qu'il était, au contraire, réputé pour son humour et son sens raffiné de la conversation.

Depuis deux ans, Amélia était aux premières loges pour l'observer et rapporter chacun de ses faits et gestes à Issy. Même elle avait dû admettre à regret que, chez Rossi Industries, c'était un P-DG discret, respectueux et, lorsque l'occasion le permettait, très drôle.

Et puis, il y avait des années qu'Issy effectuait des recherches au sujet de Gianni Rossi ; elle savait discerner le vrai du faux dans les rumeurs rapportées par les tabloïds. Elle connaissait ses goûts, ses habitudes, ses atouts.

La sensualité débordante du personnage la laissait de marbre. D'accord, il avait une physionomie sortant de l'ordinaire, avec ses lèvres, si pleines et généreuses qu'elles semblaient donner envie à toutes les femmes de l'embrasser. Sa mâchoire marquée. Ses yeux clairs oscillant du bleu au vert, qu'elle avait fixé durant des heures et des heures en photo, sur l'écran de son ordinateur, la rage au ventre... Combien de temps avait-elle passé à examiner ses traits ? Il n'existait pas un millimètre carré de son visage qui ne lui soit familier, depuis la fine cicatrice à la naissance de son nez, là où il était cassé – et elle s'était promis qu'un jour, si elle découvrait son identité, elle irait avec gratitude serrer la main à celui qui avait fait ça – jusqu'à son sourcil gauche, légèrement plus haut que le droit.

Tout, elle savait tout de lui. Qu'après ses quinze jours de vacances très privilégiées dans l'archipel des Grenadines, la mâchoire si bien dessinée du multimillionnaire serait couverte d'une épaisse barbe noire. Qu'il ne la raserait pas avant la veille de son retour au siège de Rossi à Londres.

Et non, elle n'oubliait pas que dans sa position, il lui était difficile de penser à Gianni Rossi sans affect. Que si elle parvenait à être objective à 100 %, elle devrait admettre que cet homme était l'Italien le plus sexy qu'on ait vu sur terre depuis Apollon.

Mais cela n'avait pas d'importance : afin de rester immunisée contre le rayonnement sexuel de son ennemi juré, Issy avait gardé ses distances avec la sexualité tout court, et le feu liquide qui brûlait dans ses veines lui donnait l'énergie de réussir. Tout son corps criait vengeance. Elle le haïssait.

La voix immonde de cet homme crachant son poison au visage de son pauvre père la hantait depuis dix ans. Il l'avait dépouillée de ce qu'elle avait de plus précieux. Et aujourd'hui, il osait, en plus, la mépriser assez pour lui infliger sa drague de comptoir !

Tâchant de sourire avec décontraction, elle répondit en biaisant.

— J'aime beaucoup La Barbade mais j'aime encore mieux prendre la mer. Et vous ?

— Oh ! cela dépend de mon humeur. Quand je suis à terre,

si j'ai à ma disposition de la bonne cuisine, une bière fraîche et un panorama enchanteur, je suis un homme heureux.

Issy prit sa paille entre ses lèvres avec autant d'affectation que possible, sans le quitter du regard.

— Quelle coïncidence, susurra-t-elle. Le panorama dont je bénéficie en ce moment mérite l'adjectif « enchanteur ».

Un sourire ravageur étira les lèvres de son compagnon.

— Vraiment ?

Il lui renvoya son regard de braise tandis qu'elle agaçait sa paille du bout des dents, de façon très suggestive.

— Et je dois dire que je suis impressionnée par la légèreté de votre accent italien. Vous êtes bilingue de naissance ?

Elle savait que son cousin et lui avaient peu à peu effacé cet accent. Car le jour où ils avaient mis à mort leur père et pillé leur famille, ils s'exprimaient comme des mafieux de carte postale dans un mauvais feuilleton.

— Non. J'ai appris en autodidacte.

Issy eut une moue admirative.

— Encore plus impressionnant ! Qu'est-ce qui vous a donné envie de maîtriser notre langue ?

— Les affaires, répondit-il avec sobriété. Le siège de mon entreprise est à Londres. Je la dirige avec mon cousin.

— Ah ? Une entreprise de quoi ? questionna-t-elle d'un ton curieux.

Visiblement peu désireux de s'étendre, il eut un geste évasif avant de lâcher :

— Autour de l'immobilier. Et vous ? Dans quelle branche êtes-vous ?

— Aucune. Je suis rentière, répliqua-t-elle sans hésitation ni gêne.

Elle avait répété ce numéro cent fois avec Amélia.

— Ah ? Un papa et une maman riches ? s'enquit-il.

Ignorant la note moqueuse dans sa voix, elle avala une nouvelle gorgée de mojito.

— Que font-ils, vos parents ? reprit-il, comme pour rectifier sa maladresse.

Pour la première fois depuis qu'ils s'étaient rencontrés, Issy lui dit la vérité.

— Papa est mort il y a des années et maman est en cure de désintoxication.

Gianni s'efforça d'exprimer une sincère sympathie, sans trahir l'émotion que lui causait ce stupide mensonge. Elle venait de lui livrer une information cruciale. C'était donc là-dessus que son exquise, sa redoutable femme fatale allait baser son arnaque ?

Curieux. À sa place, il aurait misé sur la maladie d'un membre proche de la famille, si possible un enfant – une nièce, peut-être. Une créature innocente livrée à une souffrance interminable, voire fatale, à moins d'une opération ou d'un traitement miraculeux – et *très* onéreux. Maladie orpheline et cure expérimentale, par exemple : la pauvre Issy ne supportait plus de voir sa nièce dans cet état et elle aurait payé de sa poche, si ses comptes suisses ne se trouvaient pas bloqués par le fisc...

Non, en fait, c'était elle qui avait raison de miser sur un récit simple et direct. « Maman est en désintox », c'était moins poignant, mais plus sûr : pas de jargon médical à retenir, pas de rencontre avec l'enfant malade à renvoyer aux calendes grecques et surtout, blocage automatique du compte bancaire de maman tant qu'elle séjournerait en clinique. Imparable.

Il applaudit mentalement le génie tactique de la diablesse et fit le pari qu'avant la fin de la soirée, elle lâcherait le montant de la somme exorbitante qu'elle lui réclamerait pour la cure miracle.

— Ce doit être difficile pour vous, commenta-t-il.

— Oh ! ce qui ne vous tue pas vous rend plus fort, récita-t-elle, forçant une nouvelle fois son admiration.

Quel sens du rythme ! Quel art de distiller le poison au goutte-à-goutte !

— Je bois à cette philosophie, répondit-il en trinquant avec elle.

Puis, il s'enquit :

— Vous avez faim ?

Le serveur repartit avec leur commande et Issy réprima un soupir de regret. Les jours à venir étaient décisifs et elle voulait avoir l'air d'une superbe créature qui investissait la moitié de son imposante fortune dans l'entretien d'une plastique conforme aux normes de la jet-set : pas question d'oublier de repolir ses ongles ou de pulvériser du gloss sur ses cheveux trois fois par jour et, naturellement... régime alimentaire de fourmi.

Depuis deux ans qu'elle s'astreignait à cette discipline, elle s'était habituée à faire l'impasse sur ses plats favoris et à s'infliger deux heures par jour en salle de sport. Mais c'était la première fois de sa vie qu'elle venait aux Caraïbes, la température sur la terrasse était idéale et la carte de ce restaurant, très alléchante. Elle dut renoncer à se régaler de la spécialité du chef, un *cou-cou* au poulet mariné. Les crevettes caribéennes de sa grande salade la consoleraient un peu, pensa-t-elle.

Dès que leurs plats furent servis, son compagnon se remit à lui couler des regards langoureux.

— Comment une si jeune rentière occupe-t-elle ses journées ? interrogea-t-il.

— Quelle question ! Je cherche soigneusement les récréations que j'ai envie de m'offrir, bien sûr ! répliqua-t-elle d'un ton espiègle.

Il sourit à son tour, amusé, et la considéra d'un œil insistant avant d'observer :

— On vous a déjà dit que vous êtes vraiment très belle ?

Issy se mit à glousser comme une gamine, même si elle fulminait intérieurement. Superficiel et dominateur, ce goujat lui attribuait ce compliment parce qu'elle correspondait à son idéal : grande, blonde, très mince. Jusqu'à la découverte de la preuve de corruption décisive par Amélia deux semaines plus tôt, elle ne portait presque jamais de maquillage et ses cheveux châtains étaient toujours retenus en queue-de-cheval. Alors après le coiffeur, la manucure, l'épilation, le bronzage, une journée de leçons chez une maquilleuse professionnelle et l'acquisition d'une garde-robe de starlette... Encore heureux, si elle était « très belle » !

En fait, elle était encore plus furieuse contre elle que contre Gianni. Car elle voyait bien qu'il était sincère. Qu'elle lui plaisait. *Et tout son corps réagissait avec ravissement.*

— Et vous ? susurra-t-elle. Vous a-t-on déjà dit que vous êtes un homme très attirant ?

Il se pencha vers elle pour arrimer son regard au sien et chuchoter :

— Pas depuis dix jours, non.

Issy sentit malgré elle le coton de sa robe se tendre au niveau de la poitrine, et une douce chaleur inonder son bas-ventre. Ignorant la trahison de ses sens, elle se concentra sur la signification de cet aveu. Il n'avait pas eu envie de se trouver une maîtresse depuis leur première rencontre ? Ou bien était-il trop accaparé par le juteux Projet Aurora et les milliards de bénéfices qu'il devait rapporter à Rossi Industries ?

— Ah ? Vous avez fait une retraite dans une caverne ?

Il sourit.

— Pas exactement. Mon travail est prenant. Croyez-moi, je n'ai pas volé mes vacances.

— Une semaine pour recharger les batteries, c'est ça ?

— Deux, avoua-t-il d'un ton gourmand.

— Deux ?

Elle haussa les sourcils en ajoutant :

— Et combien de temps consacrez-vous aux récréations durant ces deux semaines ?

— Ma foi, ça dépend.

— De quoi ? s'enquit-elle d'un ton faussement naïf.

— De celle qui veut bien partager mes loisirs d'adulte, révéla-t-il en la couvant d'un regard presque indécent.

— Un homme comme vous ne doit pas avoir de mal à trouver des partenaires de jeu, fit-elle valoir en portant à ses lèvres son verre de vin.

— Je ne peux pas prétendre le contraire, concéda-t-il.

Attrapant la balle au vol, Issy enchaîna :

— Savez-vous que je possède beaucoup de joujoux irrésistibles, sur mon yacht ?

Une lueur mystérieuse se mit à briller dans les yeux de Gianni.

— Vraiment ?

— Mais oui. J'ai même un toboggan.

— Un *slide* ?

Elle acquiesça d'un hochement de tête.

— Qui saurait résister à une baignade depuis le *slide* d'un yacht...

Le cœur d'Issy battait à coups redoublés. Elle le tenait. Elle était *tout près* de réussir !

— Je suis heureuse que vous soyez de mon avis. Dans ce cas, si vous n'avez rien de prévu... Vous voulez venir passer la journée en mer avec moi ? Demain ? On sortira le *slide* ?

Un sourire de pur bonheur se dessina sur le visage de son compagnon.

— Ce serait l'idéal. Je ne peux pas rêver mieux.

Issy leva son verre. La joie qu'elle afficha était profonde, bien réelle.

— À notre départ, alors ! trinqua-t-elle.

Pour la trentième fois en une heure, Issy examina son corps moulé dans un minuscule bikini blanc. Les miroirs de son dressing lui renvoyaient l'image d'une ravissante poupée blonde à taille de guêpe et formes idéales… mais au format miniature. Il allait donc falloir qu'elle garde tout le temps ses sandales blanches – semelle à bloc plate-forme, mais courbure plantaire digne de l'arsenal d'un bourreau médiéval.

En outre, il faudrait qu'elle surmonte sa pudeur naturelle. Bon sang, le slip couvrait encore ce qui devait l'être, mais… en haut, les triangles de la taille d'un timbre-poste révélaient *tout* de ses seins, à l'exception des tétons !

Non, décidément, elle n'assumerait pas ! Elle enfila par-dessus un paréo turquoise en forme de tunique à pans asymétriques. Parfait ! Transparent, oui, mais doté du pouvoir de tromper sa timidité excessive. Satisfaite de ce compromis, elle quitta sa suite en se promettant de chasser son trac.

Ce n'était pas si difficile ! Tout ce qu'elle avait à faire, c'était de l'occuper jusqu'à ce qu'elle ait l'occasion de le priver de son smartphone : un gramme de patience, un soupçon de discrétion et ce serait un jeu d'enfants.

Cependant, Issy avait un sixième sens pour flairer le danger, et depuis son réveil, au matin, une sorte de mauvaise prémonition ne la quittait plus.

Pourquoi ? D'où venait cette sensation vague d'une ombre au tableau ? De Gianni lui-même ?

Elle réfléchit. C'était un collectionneur d'aventures éphémères, d'accord. Dans ce domaine, sa réputation était faite. Mais en toute équité, il fallait admettre qu'il était également connu pour ses manières de gentleman. Après avoir écumé les réseaux sociaux en quête de commentaires désobligeants, Issy avait dû s'avouer vaincue. Elle n'avait jamais non plus décelé nulle part la moindre trace d'une plainte. Et puis, si cet homme était susceptible de se montrer pervers ou physiquement violent, sa sœur l'aurait su – et jamais elle n'aurait permis à Issy de se lancer dans cette mise en scène.

Du reste, se rappela-t-elle, ils seraient entourés de près de vingt membres d'équipage, aujourd'hui... Non. Ce n'était pas ce risque-là qu'elle redoutait.

Mais alors, d'où lui venait ce petit nœud à l'estomac ? Le moment devenait fatidique : Amélia allait recommander la fusion mortelle à Alessandro Rossi et au reste de l'équipe. Il était essentiel que Gianni se trouve en haute mer, privé de tout moyen de communication, dans l'incapacité de lire la dernière version des contrats.

Trois jours.

Issy devait prolonger leur sortie maritime sur trois jours et tenir tout ce temps le tête-à-tête avec Gianni Rossi. Il faudrait le séduire, aller jusqu'à un baiser ou deux... Et espérer qu'il ne tenterait pas d'en obtenir davantage.

Sur le pont par lequel Gianni serait accueilli à bord, deux membres d'équipage étaient déjà prêts à déverrouiller la passerelle.

Issy se tenait près d'eux, accoudée au bastingage, quand apparut en bas sur le quai la haute silhouette de son invité. Aussitôt, elle sentit comme un fort courant électrique la secouer, et elle serra les dents pour conjurer l'effet dévastateur de cet homme sur sa libido.

Son élégant polo noir mettait en valeur ses épaules rondes et son torse massif, son bermuda en toile révélait la peau couleur bronze de ses jambes puissantes... Et Issy déglutit avec peine lorsqu'il leva le visage vers elle – cette bouche d'une sensualité exacerbée, ce regard clair et hypnotique, la longue mèche de cheveux noirs tombant, rebelle, sur son front lisse.

D'un air incrédule, il recula d'un pas pour admirer les dimensions du yacht. Puis, il lui décocha un sourire dévastateur et la rejoignit.

— *Bella*, votre vaisseau est aussi impressionnant que vous !

Il la surprit en se penchant sur elle pour embrasser ses joues une par une. Ses lèvres ne touchèrent sa peau qu'un bref instant, mais elle sentit un vertige indésirable la gagner… et ses joues se mirent à brûler !

Mortifiée par sa réaction, elle recula pour désigner le bateau d'un geste ample et, ainsi, lui tourner le dos.

— Je ne me plains pas de cette merveille, admit-elle d'un ton aussi décontracté que possible.

— Non, j'imagine, renchérit-il. Et son nom me révèle que vous aimez organiser des fêtes.

Recouvrant son sang-froid, elle pivota sur ses talons, afficha un sourire confiant et alla même jusqu'à tapoter sa main pour rétorquer :

— C'est vrai, mais aujourd'hui, la fête ne sera que pour nous deux.

— C'est ce que j'espérais. Un verre ?

Il exhiba un onéreux coffret de congélation contenant une bouteille de champagne millésimé.

— Merci…

Issy haussa les sourcils et consulta sa montre, manifestant sa perplexité devant la proposition.

— Trop tôt ? interrogea-t-il.

— Voyons, il n'est jamais trop tôt pour le champagne, claironna-t-elle d'un ton aristocratique, avant de confier la bouteille à un officier de passerelle.

Elle le pria de la remettre au barman afin qu'il les serve

tout de suite, puis elle prit une posture aussi confiante que possible afin d'ordonner :

— Dites au capitaine de lever l'ancre, s'il vous plaît.

Faisant mine d'être prise d'un doute, elle se retourna vers lui.

— Enfin, si vous êtes partant pour l'aventure au large ?

— Je ne demande pas mieux que d'être à vote merci, souffla-t-il d'un ton sensuel.

— Vous ne pouvez pas savoir combien ces mots sont un doux murmure à mes oreilles, roucoula-t-elle en le gratifiant d'une œillade indécente.

Elle était totalement, absolument sincère.

4

Gianni regarda le visage impassible de Danny, le barman, qui leur tendait à chacun une coupe de champagne. Grand spécialiste des cocktails, le trentenaire Australien travaillait à son service depuis six ans et interprétait à la perfection son rôle de parfait inconnu face à son boss.

— Merci, dit l'arnaqueuse. Veuillez porter le message à Cristian, le cuisinier, que nous déjeunerons sur le deuxième pont d'ici une heure.

Il fut difficile à Gianni de comprimer son hilarité, et impossible de ne pas sourire. Le « cuisinier » ? Son chef, Christophe, véritable artiste de la gastronomie, avait intégré son équipe depuis plus longtemps encore que Danny.

Elle n'avait même pas réussi à mémoriser son nom et son titre… C'était désopilant.

Comme elle lui retournait un coup d'œil interrogateur, il s'approcha pour faire tinter sa coupe contre la sienne en la couvrant d'un regard sincèrement admiratif.

Car cette maladresse de la part de sa charmante hôtesse ne risquait pas de ternir le tableau dans son ensemble : il savourait, au contraire, le spectacle de sa beauté – son bikini révélant ses petits seins ronds et son paréo transparent, sa silhouette, fine et souple comme une liane. Oui, il était tout aussi délicieux d'apprécier sa grâce naturelle que d'assister à son grand numéro de propriétaire de yacht.

Il avait tellement hâte de voir jusqu'où Isabelle Clements irait pour l'escroquer !

— Vous me faites visiter votre palais ? demanda-t-il.

Gianni avait vendu son précédent yacht et venait d'acquérir celui-ci : en fait, depuis la livraison de sa commande, il n'avait inspecté le *Palazzo delle Feste* qu'une fois. Aussi prit-il grand plaisir à emboîter le pas de son hôtesse. Toutes les options étaient réalisées sur-mesure, et il avait personnellement dessiné les plans de la salle de projection, du casino et des immenses tables de jeux.

Il écouta Issy lui réciter mot à mot le texte de la brochure de l'armateur, et lui désigner la cabine qu'elle occupait comme « la suite principale ». Il sourit. La plus grande cabine, la sienne, se trouvait au niveau inférieur, et Issy en ignorait l'existence : Gianni en avait fait verrouiller la porte. C'était la ligne rouge qu'il posait dans le cadre de ce petit jeu : l'inconnue ne dormirait pas dans *son* lit avant lui !

Comme ils revenaient par les salles du premier pont, il la regarda faire le tour du billard. Les semelles de ses sandales retinrent son attention. Depuis la veille, il la soupçonnait d'être beaucoup moins grande qu'elle n'en avait l'air. Mais pourquoi déguiser sa taille ? Quel intérêt ?

— Vous jouez vous-même au billard, Issy ? s'enquit-il.

— Cela m'arrive, répondit-elle sans hésiter, mais j'ai surtout des amis qui adorent ça, et je ne peux pas les priver de ce plaisir quand nous partons en croisière.

— Formidable ! Que diriez-vous d'une petite partie ?

Loin de laisser paraître le moindre embarras, elle congédia sa proposition d'un petit rire moqueur.

— Au lieu de profiter d'un temps radieux ? Nous aurons tout le temps de jouer après le coucher du soleil.

— Vraiment ? Le yacht ne va pas se transformer en citrouille si vous ne me ramenez pas à bon port avant la nuit ? ironisa-t-il.

— Est-ce votre manière de m'informer que vous avez d'autres engagements pour ce soir ? opposa-t-elle d'une voix suave. Un poker, peut-être ?

Son habileté, son aisance à déjouer ses pièges le subjuguait. Il se mit à rire.

— Au diable le billard, concéda-t-il.

— Et si nous allions plutôt faire un petit plongeon dans la piscine ? Cela nous ouvrirait l'appétit avant le déjeuner, vous ne croyez pas ?

— Vos désirs sont des ordres, ma chère, dit-il en la couvant d'un regard de braise.

Le cœur battant très fort, Issy posa son smartphone et sa montre sur une console près du billard. Non sans anxiété, elle regarda son invité l'imiter et ajouter son portefeuille à la pile.

Excellente, l'idée de la baignade, pour tenir sa proie loin de son outil de communication. Restait à trouver comment faire définitivement disparaître celui-ci sans éveiller de soupçons.

En silence, il ôta son polo, son bermuda, et... Oh ! bon sang. Elle l'avait déjà vu torse nu en photos dans un tabloïd, grâce à des clichés volés sur une plage, mais l'effet que Gianni produisit sur elle en apparaissant en short de bain n'était pas inscrit au programme. Soudain, ses jambes ne la tenaient plus. Un vertige satanique l'empêchait de penser. Hypnotisée, elle fixait cet athlète romain, aussi sculptural qu'un chef-d'œuvre de Michel-Ange. Ses jambes étaient puissantes et hautes, ses bras musclés, ses épaules d'une rondeur parfaite. Le dessin de ses pectoraux la fascinait autant que la finesse de son grain de peau. Une fine toison brune courait sur son ventre, passant sur les abdominaux pour disparaître sous l'élastique de son short.

Sa température bondit de plusieurs degrés, et elle chercha en vain à lutter contre les pulsations violentes de son cœur.

— Vous avez de la crème solaire ? s'enquit-il tranquillement.

— Je... Pardon ? balbutia-t-elle, les yeux rivés à ses abdominaux.

— De la crème solaire, répéta-t-il, un sourire moqueur aux lèvres. Vous savez ? Le produit dont on s'enduit le corps avant de s'exposer au soleil afin d'éviter, autant que possible, de faire un jour un mélanome ?

Quelle imbécile ! Qu'attendait-elle pour se secouer ?

— Bien sûr, répondit-elle. Venez.

Ils quittèrent la salle de jeu pour emprunter la passerelle menant à la piscine. Entouré de luxueuses chaises longues en bois exotique, le bassin aux dimensions impressionnantes devait faire le bonheur des sportifs les plus exigeants.

Issy ôta son paréo et ouvrit son sac de plage pour tendre à son hôte le flacon de lotion hors de prix acquis par Amélia.

— Voilà, dit-elle.

— Mais non, voyons. Après vous, répliqua-t-il, galant.

Pendant qu'il allait faire le tour du bassin, elle se hâta de s'enduire les bras, le ventre et les cuisses.

Puis, elle attendit que Gianni la rejoigne.

Faisant mine de se montrer pudique, elle se tourna vers le bar tandis qu'il passait la crème sur son corps d'apollon. En se privant du spectacle, elle n'avait pas prévu que son imagination lui infligerait le film indécent de Gianni nu sous toutes les coutures.

Enfin, il annonça d'un ton où perçait l'amusement :

— J'ai fini, vous pouvez vous retourner.

Comme elle parvenait à soutenir son regard, il suggéra :

— Je vous enduis le dos ?

Issy déglutit lentement.

— Volontiers, répliqua-t-elle en se tournant encore pour lui dissimuler son émoi.

— À cette heure-ci, ce n'est plus une précaution, expliqua-t-il. C'est indispensable. Allongez-vous.

Quel être diabolique ! Il avait raison. Pourquoi n'avait-elle pas pensé à se tartiner elle-même d'écran total avant son arrivée ?

De mauvaise grâce, elle s'installa sur une chaise longue. Dès qu'elle sentit les paumes puissantes de Gianni se poser sur ses omoplates, Issy fondit de plaisir. Un long frisson la parcourut. C'était comme si une nuée de papillons se promenait sans cesse dans son bas-ventre, mais aussi à la surface de sa peau… Les gestes circulaires, languides et enivrants de cet apollon lui ôtaient toute capacité de penser. Une légèreté surnaturelle s'emparait de ses sens.

Les mains de Gianni allaient et venaient maintenant sur ses hanches et à la naissance de ses reins. Au prétexte de faire pénétrer la crème, il lui prodiguait un massage envoûtant – et d'une dangereuse sensualité.

Dans le silence de la traversée, sous le plein soleil, grisée, Issy ne percevait plus son poids. Elle était une plume et elle s'envolait, portée par une sensation si exquise que ses seins se gonflaient. Entre ses cuisses, une humidité torride lui donnait l'envie de se retourner et d'enrouler ses bras autour de son cou pour…

Non ! Elle perdait la tête !

Prestement, elle se redressa pour asséner :

— Merci beaucoup ! Je vous rends la politesse : allongez-vous.

Un sourire insupportable étirait la bouche de son odieux compagnon. Un sourire arrogant qui signifiait « Je mesure très bien l'effet que j'ai sur toi ».

— Je ne demande pas mieux, susurra-t-il.

Sans un mot, Issy rangea la crème dans son sac pendant que Gianni plongeait dans le bassin et entamait un crawl digne d'un nageur olympique.

Elle ne voulait surtout pas qu'il puisse apercevoir ses mains tremblantes. Or, elle restait étourdie par les sensations que lui procurait le simple fait de poser une couche de crème sur le dos de Gianni. Son cœur cognait encore très fort dans sa poitrine et elle avait la gorge sèche.

Ce corps masculin, si puissant et si chaud, abandonné à ses gestes... Elle avait été profondément troublée en caressant ses muscles. Jamais elle n'aurait cru possible qu'un homme aussi grand et athlétique ait une peau si douce, une chair à la fois si ferme et si généreuse. Dès qu'elle s'était mise à l'enduire, une merveilleuse sensation l'avait gagnée.

Le pire, c'était sans doute de savoir que le plaisir était partagé : sans entendre le moindre soupir échapper à l'Italien, elle avait *su* qu'il aimait son massage.

Et maintenant, alors qu'elle se remettait à peine de cette séquence, elle allait devoir le rejoindre dans l'eau.

La nervosité la gagna.

Ce n'était qu'une piscine, se rappela-t-elle. Depuis l'été de ses treize ans, plus jamais elle ne s'était trempée ailleurs que dans une baignoire.

Car durant toute son enfance, elle était folle de joie en retrouvant la villa italienne pendant les grandes vacances. La magie de l'Italie, la grâce du parc, le luxe de leur maison et... la piscine où toute la famille défilait au gré de la journée.

Hélas, les cousins Rossi leur avaient également arraché ça : la villa qu'il avait fallu vendre, les étés de dolce vita, le bonheur de leurs parents – et leur insouciance.

Issy serra les poings. L'adrénaline fusait dans ses veines et, galvanisée, elle courut sur le plongeoir pour exécuter un saut guerrier.

Gianni interrompit un moment sa nage pour regarder la jeune femme accomplir ses longueurs en brasse. Il y avait dans ses mouvements un étonnant mélange de grâce et d'énervement… Ou bien de rage ? Cependant, à mesure qu'elle épuisait ses muscles, elle avait l'air de s'apaiser.

Il attendit qu'elle fasse une pause au bout du bassin pour la rejoindre.

Sans un mot, il s'approcha. Lentement. Puis il l'encadra de ses bras, les mains posées sur le rebord.

De l'eau ruisselait sur la tempe d'Issy. Jamais le bleu de ses yeux immenses et ourlés de longs cils noirs n'avait été plus proche du marine. Et jamais il n'avait souvenir d'avoir autant désiré embrasser une femme.

Vaincu par la force de la sève qui montait en lui, il la prit par la taille et l'attira contre lui pour presser ses lèvres contre les siennes. Aussitôt, elle l'agrippa par le cou. Sa bouche était généreuse et fraîche, et il la découvrit avec volupté, s'attardant d'abord à effleurer sa peau. Comme elle répondait avec ferveur à sa caresse, il s'enhardit et bientôt, leur baiser s'enfiévra. Dans une même fièvre, leurs langues s'enroulaient l'une autour de l'autre, en osmose, tandis que Gianni sentait les petits seins ronds et fermes de l'arnaqueuse s'écraser contre ses pectoraux.

Il lâcha un grondement rauque lorsqu'elle enroula ses jambes autour de ses reins afin de resserrer encore leur étreinte.

Sous l'eau, Gianni savourait la souplesse de sa taille et de ses hanches, la douceur de sa peau. Son désir le tenaillait, et il ne pouvait guère lui dissimuler l'ardeur de son érection.

Sa bouche avait un goût de champagne et pourtant, elle l'embrassait telle une lionne – elle avait des gestes sauvages, en plongeant ses ongles dans sa nuque et en l'enserrant de ses cuisses avec une sorte de rage…

De *rage* ? Encore ce mot pour décrire la frêle arnaqueuse ? Son cerveau devait commencer à lui jouer des tours, pensa-t-il, déterminé à accorder la priorité à d'autres parties de son anatomie. Comme il tentait de promener ses mains sur les seins d'Issy, elle fit brutalement volte-face.

— Pas si vite, mon grand ! s'exclama-t-elle en rompant leur baiser.

Il lui retourna un sourire aussi désarmant que possible.

— Désolé. Je peux ralentir et adopter un rythme aussi doux que tu le souhaiteras, promit-il.

Plongeant dans le sien son regard fou de désir, il ajouta :

— En fait, je ne demande qu'à obéir à chacun de tes désirs.

— Oh ! mais nous avons tout notre temps, rétorqua-t-elle en répondant à son œillade par un sourire complice.

— C'est vrai, admit-il à voix basse en posant délicatement un doigt sous son menton. Nous avons tout le temps...

Il allait l'attirer de plus belle pour l'embrasser quand elle recula en riant.

— Le déjeuner va être servi dans cinq minutes. Viens. Tu n'as pas faim ?

— Euh... Si. Donne-moi une minute et je te rejoins.

Comme elle haussait les sourcils, il expliqua :

— J'ai besoin de faire retomber ma température. Si je sortais de l'eau maintenant, ton équipage me prendrait pour une vraie bête.

Il fallut encore quelques secondes à la jeune femme pour saisir le message, et il sourit en la voyant rosir.

— Ah. Bien sûr. Rejoins-moi, dans ce cas. Qu'est-ce que tu voudras boire ? Une bière bien fraîche ?

— Parfait, acquiesça-t-il.

Il la regarda se hisser hors du bassin. Dieu, quelle ligne !

Dès qu'elle disparut, il serra la mâchoire.

Les membres de l'équipage vaquaient à leurs tâches, la cuisine s'activait et Gianni regarda Issy démêler ses cheveux en repassant dans la salle de billard.

Elle allait probablement consulter son portable et filer dans sa cabine pour se changer… Gianni n'avait pas une seconde à perdre !

Il bondit hors de la piscine et piqua un sprint jusqu'au billard.

— Avertissez-moi dès qu'elle revient par ici, ordonna-t-il à l'officier le plus proche avant d'allumer son mobile et d'ouvrir l'application de clonage.

Il posa alors son appareil sur celui d'Issy. C'était la première fois qu'il se servait de cette fonction installée par un ancien cadre de la défense gouvernementale et devenu chef de sécurité informatique pour Rossi Industries : l'opération était terminée en quatre minutes maximum, avait-il promis.

Il n'en fallut que deux pour que Gianni copie l'intégralité des données d'Issy.

Après avoir soigneusement reposé le smartphone de l'arnaqueuse là où il se trouvait, Gianni alla se sécher.

Une serviette nouée sur les reins, il alla s'installer à table où l'attendait une bière fraîche, reprit son téléphone et ouvrit le dossier contenant les données d'Issy.

Le fond d'écran lui apparut en premier, et le sourire qu'il affichait se fissura sur-le-champ. Il cligna des yeux. Ce n'était pas possible…

Le cliché représentait deux jeunes femmes pressées joue contre joue face à l'objectif. Elles souriaient.

Paniqué, Gianni entra immédiatement dans les messages afin de vérifier qu'il faisait fausse route. Le bip final de la batterie à plat intervint à l'instant où il obtenait, au contraire, confirmation de ses pires soupçons.

L'appareil devint noir mais il en savait assez.

Ce n'était pas une simple arnaque menée par une ravissante aventurière.

Non. Avec son cousin, il était la cible d'une attaque gravissime : un authentique sabotage industriel !

Issy passa une touche de gloss sur ses lèvres. Ses mains tremblaient tellement qu'elle renonça au mascara et à un œil en moins.

Pourquoi son cœur refusait-il de cesser de battre comme un tambour ? Il fallait absolument qu'elle retrouve son sang-froid. Bon, elle n'était pas insensible aux charmes de Gianni Rossi. D'accord. Ce n'était pas la fin du monde. Mieux valait l'admettre une bonne fois pour toutes et passer à l'étape d'après.

Pour le moment, du côté d'Amélia et de la fusion programmée de Rossi Industries, tout se passait comme prévu : sa sœur le lui avait confirmé par un texto.

Hélas... Issy avait l'impression de sentir encore la pression de ses lèvres en feu sur les siennes. Ce baiser torride, délicieux, tellement sensuel avait chaviré tous ses sens.

En ce moment, ses jambes en chancelaient encore. Elle aurait dû se préparer à cette épreuve. S'entraîner. Elle payait le fait d'être aussi inexpérimentée. Il aurait mieux valu qu'elle embrasse plusieurs garçons avant pour savoir à quoi s'attendre et dompter les réactions trop fébriles de son corps.

Non sans un soupir agacé, elle se hâta d'enfiler un paréo plus long, et s'enduisit les jambes d'un coup d'aérosol auto-bronzant avant de monter sur le pont où l'attendait son invité.

La gorge en feu, elle s'aperçut qu'il n'avait revêtu que son polo : au-dessous, il était nu sous sa serviette...

— J'espère que tu as faim, lança-t-elle en cherchant du mieux possible à dominer son trouble.

Gianni souriait, l'air détendu et confiant. Sans la quitter des yeux, il renchérit :

— Mon appétit est *très* aiguisé, en effet.

Après une assiette de gaspacho aux tomates rôties qui lui rappelait ses étés de dolce vita familiale, Issy s'accorda également la permission de dévorer les encornets frais au citron, mais elle dut renoncer à s'offrir plus d'une cuillerée de la merveilleuse crème glacée aux myrtilles et aux spéculos.

« Bientôt. Dans trois jours, ce sera terminé », pensa-t-elle. Et elle s'offrirait frites, glaces et chocolat à tous les repas pendant huit jours au moins !

— Il n'y a pas de plats que tu aimes assez pour piquer plus de deux fois dans ton assiette ? s'enquit Gianni en la dévisageant avec attention.

Il admirait son incroyable sang-froid dans la duplicité. Lui-même, en tant que joueur de poker, avait appris la dissimulation.

Et à vrai dire, il avait maîtrisé cet art depuis le plus jeune âge. Afin de ne pas offrir à son père la satisfaction de lire la terreur et la souffrance dans son regard.

En cet instant, il éprouvait toutefois une sensation inédite. La stupéfaction d'avoir été pris non pour un gros poisson mais… pour un obstacle à neutraliser.

Cette fille lui avait menti y compris par son apparence. D'ailleurs c'était l'autre, sur la photo, qu'il avait identifiée la première. Et il mettait au défi quiconque de voir la même femme dans la superbe blonde aux mensurations de mannequin repoussant son framboisier et le visage aux joues rondes de la petite brune sans maquillage qui souriait, tenant d'une main un énorme cône glacé. Seuls les yeux bleus – de ce bleu si singulier – trahissaient la diablesse.

Le courtier lui avait-il menti ? En tout cas, la créature qui prétendait sillonner chaque été les Caraïbes sur son yacht ne s'appelait pas Isabelle Clements mais Isabelle Seymore. Oui : c'était la fille du salopard qui les avait filoutés, son cousin et lui, en leur vendant des terrains non constructibles après avoir arrosé de pots-de-vin les fonctionnaires censés faire apparaître cette information en tête des titres de vente… Leur première affaire, à Alessandro et lui. Leur rêve. Un fiasco qui leur avait laissé un goût amer, tandis qu'ils devaient repartir de zéro et faire en sorte de dynamiter la société de Seymore.

Tel père, telle fille. Ou plutôt, en l'occurrence, « telles filles », au pluriel, puisqu'il y avait deux sœurs Seymore. En découvrant l'image de fond d'écran, Gianni avait reconnu la première instantanément. C'était elle qui pouvait faire le plus de mal à Rossi Industries.

Amélia Seymore.

Dio ! Depuis combien de temps travaillait-elle pour eux ? Deux ans, environ, calcula-t-il. Et le pire, c'était qu'elle était formidable. La cadre supérieure efficace, ponctuelle, toujours concentrée sur ses dossiers, ne se plaignant jamais... La recrue idéale. Un vrai modèle.

Jamais il n'aurait pu lui traverser l'esprit qu'Amélia était la fille de l'infâme prévaricateur qui les avait manipulés et ruinés sans un scrupule, son cousin et lui ! Même son nom de famille avait manqué de retenir son attention, parce que Seymore était un patronyme très répandu dans le monde anglo-saxon. La preuve : elle n'avait pas jugé utile d'en changer pour intégrer leur boîte !

Sûre d'elle, sans dissimuler son identité, Amélia Seymore avait donc infiltré le camp ennemi tel un cheval de Troie.

Bon sang, pourquoi son informaticien en chef ne l'avait-il pas prévenu que le clonage allait vider sa batterie ? Il fallait qu'il avertisse Alessandro le plus rapidement possible ! Heureusement, il avait pu prier un membre de son équipage de partir charger son smartphone.

En ce moment, il lui fallait une patience et un self-control surnaturels pour ne pas bondir hors du pont, récupérer l'appareil et sonner le tocsin au siège de Londres. Et pour ne pas cracher sa fureur au visage de la saboteuse qui tentait de les détruire, Alessandro et lui !

Non. Ne surtout pas céder à cette tentation. Garder la tête froide et poursuivre le jeu comme si de rien n'était.

En avalant une gorgée de bière, il contempla encore le visage d'Issy.

D'après ce qu'il avait pu lire dans les messages échangés par les deux sœurs, elles menaient une attaque conjointe, Amélia se chargeant de saboter la société de l'intérieur à Londres pendant qu'Issy détournait l'attention de Gianni aux Caraïbes. Elles se servaient du Projet Aurora que pilotait précisément Amélia au sein de Rossi pour poser les mines fatales qui devaient exploser après signature du contrat de partenariat.

Car les cousins se félicitaient de ce contrat qui propulserait leur activité et leur chiffre d'affaires déjà mirobolant dans la stratosphère.

Dans ce cadre, la réunion du jour devait déterminer quel candidat serait élu au rang de partenaire. Gianni avait passé chaque document du dossier au peigne fin. Son expérience, ses connaissances et son flair avaient été exploités à leur pleine capacité ; or il n'avait rien vu de suspect. Pas un mot, pas une clause n'avait fait dresser ses antennes.

Ainsi s'était-il envolé pour les Caraïbes l'esprit tranquille. Jamais il ne serait venu ici sans la certitude de pouvoir laisser Alessandro opérer, en toute quiétude, le choix final entre deux sociétés solides et fiables.

Pourtant… Il était passé à côté de quelque chose, forcément ! Mais de quoi, nom d'un chien ? Quelle clause machiavélique avait donc échappé à sa vigilance ?

Il dégusta son café en s'efforçant de rester stoïque. Voyons, rien ne serait signé à l'issue de la réunion d'aujourd'hui : il avait donc le temps de lancer l'alerte.

De plus, Issy ignorait qu'il connaissait sa véritable identité et il ferait en sorte qu'elle n'en sache rien avant leur arrivée sur l'île Moustique. Deux jours suffiraient à les conduire à bon port, là où Issy serait dans l'incapacité de nuire – et livrée à sa merci.

Auparavant, Gianni devait la priver de son portable. S'il s'était rendu compte de la gravité de la situation, au moment où il clonait la mémoire de l'appareil, il ne l'aurait pas remis à sa place sur la console, à côté du billard. Il l'aurait « accidentellement » fait tomber dans la piscine.

En fait, le premier texto qu'il avait lu dans la correspondance des deux sœurs avait gelé son cerveau. En y repensant, il en avait encore la nausée.

Ils sont pourris. Je tiens la preuve.

Pour ne rien arranger, il était tombé sur ces lignes victorieuses écrites quelques minutes après leur première rencontre :

Ça a marché ! Pris à la ligne et solidement harponné ! Je rentre à la maison, bisous.

Elle tenait « la preuve » de leur corruption… Mais quelle preuve ? À propos de quoi ? Gianni et Alessandro étaient parfaitement d'accord depuis toujours pour diriger une entreprise honnête, respectueuse des droits des personnels et irréprochable sur le plan juridico-légal. Aucun des deux cousins n'avait jamais menti, triché, tenté d'obtenir une quelconque faveur. Ils étaient droits et ils avaient les mains propres : exactement le contraire du modèle infligé par leurs salauds de pères. Très tôt, ils s'étaient affranchis de leur famille. La rencontre catastrophique, lors de leur toute première affaire, avec l'escroc Thomas Seymore ne les avait incités que davantage à rester du bon côté de la route.

Personne ne pouvait les accuser de malhonnêteté, jamais ils n'avaient commis la moindre malversation.

Alors ? Comment Amélia avait-elle pu trouver « une preuve » ?

Hélas, l'interrogatoire d'Issy devrait attendre qu'ils abordent Moustique.

En attendant, Gianni n'allait pas se priver d'exercer sur elle son arme la plus efficace. La séduction.

Car il le savait : il l'attirait. En dépit du complot qu'elle ourdissait avec sa sœur, Isabelle Seymore était magnétisée par sa cible, et il se servirait sans scrupule de cette faiblesse pour la mettre à genoux.

Elle ne méritait ni son indulgence, ni sa pitié.

— Encore un café ? proposa-t-elle.

— Non, merci.

— Alors veux-tu profiter du toboggan ? J'ai prié le capitaine de jeter l'ancre pour que nous puissions l'installer. Il doit être prêt.

— Volontiers ! Je rêve de ton *slide* depuis que tu m'as décrit les joujoux de ton yacht, *bella* !

5

— Yaouh ! s'écria-t-il avec un enthousiasme d'enfant avant de s'élancer.

« Les dames d'abord », « Aux invités l'honneur » : elle avait réussi à le convaincre de la précéder même s'il ne servait pas à grand-chose de gagner du temps.

Un léger vertige gagna Issy lorsqu'elle regarda Gianni glisser sur la pente vertigineuse du toboggan gonflable et faire un piqué en pleine mer.

Installée au sommet de l'échelle, au niveau du pont supérieur, elle préférait ne pas évaluer la hauteur totale du prodigieux équipement. Massif, le tapis pneumatique proposait une pente raide jusque dans la mer où le plongeur était accueilli dans une sorte de tube rectangulaire en forme de piscine.

Elle n'était pas censée avoir peur. Une richissime rentière qui s'offrait un yacht voué à la fête et aux plaisirs ne pâlissait pas devant son propre *slide* !

Comme son compagnon barbotait dans la mer et levait les bras dans sa direction, visiblement ravi, elle rassembla son courage. Fermant les yeux, elle sauta.

La descente fut encore plus rapide que ce qu'elle avait prévu, l'eau aidant à la glisse, et elle n'eut guère le temps de se dire que c'était plutôt agréable. Car elle fut tout aussi surprise par la force de la chute. Projetée dans les airs, elle se contorsionna en tous sens avant d'être immergée dans les profondeurs noires et froides de la mer.

Elle était engloutie.

Après avoir regardé la jeune femme exécuter le plongeon le plus disgracieux, Gianni avait ri.

Mais son hilarité fut de courte durée : bon sang, il ne la voyait pas remonter à la surface !

Tandis que de son crawl le plus puissant, il se précipitait à sa recherche, le sommet de la tête d'Issy émergea. Elle crachait, cherchait son souffle, ses yeux étaient exorbités… Elle ne se fit pas prier pour s'accrocher à son cou et le laisser la ramener sur le banc gonflable que formait le pourtour du bassin.

N'en menant pas large, elle resta un moment immobile à grelotter. Il la serra contre lui et l'incita à étendre ses jambes bien à plat, sous le soleil.

— Merci. C'est juste que… J'ai perdu l'habitude, expliqua-t-elle. Il est rare que je me serve de ce machin.

— Oui, je comprends, mentit-il.

— Je n'ai jamais été une bonne nageuse, ajouta-t-elle.

— Ah non ? Tu préfères d'autres sports ?

Elle parut hésiter avant d'avouer :

— Je fais de la musculation et de la course en salle, mais je ne me range pas dans la catégorie des sportives.

Comme il ne répondait pas, elle s'éclaircit la gorge avant de poursuivre :

— En tout cas, tu m'as sauvée. Il faudra que je pense à t'offrir le short rouge que portent les sauveteurs maritimes de la région ! Je vous en enverrai un pour votre anniversaire.

Il admirait son aptitude à retrouver sa légèreté. Il y avait beaucoup de naturel et de candeur dans la personnalité d'Issy Seymore… Sauf s'il s'agissait du personnage d'Isabelle Clements ?

Pourquoi cette femme exerçait-elle une telle attraction

sur lui ? Il ne savait plus s'il la désirait pour l'image qu'elle lui renvoyait en cet instant – si frêle et vulnérable, collée à lui dans son adorable bikini qui laissait transparaître la forme de ses tétons – ou parce qu'elle était aussi, en filigrane, une mystérieuse petite brune aux formes plus rondes, à l'expression plus enfantine, et au regard exactement aussi magnétique.

— Tu aimes les chaussures à talons hauts, dit-il d'une voix aussi neutre que possible. Mais tu n'es pas grande.

— Chut ! C'est un secret. Je ne veux pas que ça se sache !

Abasourdi par la finesse de sa réplique, il la contempla longuement. Quel talent ! Elle déjouait les pièges les plus vicieux.

— Et c'est plutôt un avantage pour le héros qui vient sauver une demoiselle en détresse et la porter jusqu'à la rive, non ? reprit-elle en lui décochant un sourire très aguicheur.

Gianni sentit leurs corps se rapprocher. Elle avait cessé de trembler, mais elle se blottissait toujours contre son épaule.

— Je n'ai rien d'un héros, *bella*. Je ne suis qu'un homme.

Un homme qui ne voulait rien au monde plus ardemment que goûter encore à ses baisers empoisonnés. Un homme incapable de dissimuler plus longtemps son érection, et inapte à contenir la lave qui fusait dans ses artères.

Ainsi, dès qu'elle se pencha vers lui, il céda à sa fièvre. Avec fougue, il s'empara de sa bouche, mais il était certain de retrouver sa position dominante dans quelques instants : ce serait à elle d'en demander davantage. De le supplier.

Oui, bientôt, les rôles allaient s'inverser.

Issy enroulait éperdument sa langue autour de celle de Gianni. Ses baisers lui faisaient perdre la tête. Son corps ne lui obéissait plus : des ondes électriques d'une intensité inconnue la transperçaient tandis que des sensations incroyables la privaient de sa raison.

Des fourmillements merveilleux montaient dans ses jambes

jusqu'à l'intérieur de ses cuisses. Un volcan s'allumait dans son bas-ventre.

Dès que Gianni bascula sur elle, l'allongeant au creux de la surface pneumatique, elle lâcha un soupir de plaisir. Des mains chaudes et affamées faisaient gonfler ses petits seins. Ses paumes absorbaient leur forme et les épousaient à la perfection. Une substance ensorcelée pulsait dans les veines d'Issy, cambrée et abandonnée à cette mystérieuse torture. Car en même temps qu'un plaisir violent, elle éprouvait un manque, une incompréhensible frustration.

Les doigts experts de Gianni se glissèrent sous l'étoffe du minuscule soutien-gorge, Plusieurs gémissements lui échappèrent lorsqu'elle le sentit tracer des cercles de feu autour de ses aréoles, puis agacer ses tétons durcis du bout de l'index. C'était magique, divin...

D'un mouvement instinctif, elle cambra le bassin, enroula ses cuisses autour de lui et se mit à se frotter doucement contre sa hanche, pendant qu'il la caressait et que des vagues de plaisir de plus en plus puissantes la submergeaient.

Elle n'avait pas besoin d'accélérer le mouvement, en collant son bas de bikini trempé contre sa peau : la frustration étrange avait disparu.

Accrochée à son cou, elle l'embrassait furieusement, abandonnée à la chaleur qui inondait son pelvis et qui s'intensifia encore, et encore, et encore, jusqu'à...

Issy se sentit propulsée par le souffle d'une explosion intérieure qui lui révélait que son corps, depuis vingt-trois ans, lui dissimulait un trésor. Le cœur battant à s'en rompre, elle se redressa haletante.

Oh ! bon sang, que venait-il de se passer ?

L'évidence lui tomba dessus avec l'efficacité d'une douche écossaise. Elle venait de faire l'expérience de son premier orgasme.

Devant lui !

Quelle horreur ! Enfer et damnation !

Comment avait-elle pu s'infliger une telle humiliation ? Vivre le moment le plus intime, l'un des instants les plus précieux de toute une vie, en présence de son pire ennemi ?

C'était une catastrophe. Non seulement elle n'était pas du tout immunisée contre le charme de ce don juan professionnel, mais il était capable de lui faire tout oublier. Un baiser de lui, et elle n'était plus elle-même : en fait, elle avait peur de la force et du plaisir qu'il savait libérer d'un geste.

Les jambes en coton, elle s'installa sans un mot dans le canot que l'équipage hissait à bord, et se garda de jeter le moindre regard dans la direction du satané Gianni Rossi.

Il fallait absolument qu'elle contacte Amélia : sa sœur devait se débrouiller pour écourter le sabotage de la société. Les convaincre de signer ce maudit contrat tout de suite. Jamais Issy ne parviendrait à tenir *trois jours* en compagnie du diabolique Italien, et le petit jeu de la séduction était déjà allé beaucoup trop loin, parce que… c'était elle qui était séduite ! Par Lucifer en personne.

Dès qu'elle posa un pied sur le pont supérieur du yacht, elle composa mentalement son texto et se dirigea d'un pas alerte vers la salle de billard.

En parvenant devant la table, elle cessa de respirer. Les larmes lui montèrent aux yeux lorsqu'elle réalisa que son smartphone avait disparu.

— Un problème ? s'enquit Gianni d'un ton décontracté, en attrapant une serviette.

Irrité, il s'aperçut que le visage livide et le désarroi absolu de la jeune femme lui faisaient de la peine.

— Je ne trouve pas mon téléphone ! avoua-t-elle en allant soulever son paréo et inspecter toute la pièce.

En vain, naturellement. Avant de s'offrir avec elle une glissade, ou plutôt deux – la dernière s'étant révélée moins innocente que celle du toboggan –, il avait ordonné à un officier d'enfermer l'appareil d'Issy dans *sa* cabine. Celle qu'elle n'avait pas visitée et qu'elle ne visiterait jamais.

Visiblement paniquée, son hôtesse fouillait la pièce d'un regard anxieux.

— Il ne doit pas être bien loin, répondit-il avec flegme. Où l'as-tu laissé ?

— À côté de tes affaires. Juste là.

Gianni consulta sa montre. Il était près de 22 heures, à Londres. La réunion autour du Projet Aurora était certainement terminée depuis des heures. Jamais il n'aurait dû se laisser distraire par ses activités avec Issy ! Certes, en la privant de son outil de communication, il l'empêchait d'entrer en contact avec sa sœur mais lui, de son côté, devait de toute urgence appeler Alessandro.

— Demande de l'aide à l'équipage, suggéra-t-il. Quelqu'un a pu vouloir le protéger du soleil ou le mettre en charge pour te rendre service.

— Oui, bonne idée. Merci.

Elle parut vaguement rassérénée en annonçant dans la foulée :

— Je vais suivre ton conseil après avoir vérifié s'il n'est pas dans ma chambre.

En la regardant sortir, il ne put s'empêcher de garder les yeux braqués sur le déhanchement de ses hanches, en se rappelant comment elle l'enserrait de ses cuisses un moment plus tôt…

Bon sang, un peu de concentration ! Il n'avait guère de temps à perdre ! Furieux contre lui-même, il alla prier Mara, le skipper, de lui rapporter son smartphone sur-le-champ.

Une minute plus tard, il serrait fébrilement le combiné contre son oreille.

— Gianni ? s'enquit la voix d'Andro, mal restituée par la liaison de qualité médiocre.

— Allô ? Tu m'entends ? Écoute, j'ai très peu de temps, il faut que tu m'écoutes attentivement, Andro.

— Oui, mais...

— Amélia Seymore, coupa-t-il. C'est la fille de Thomas Seymore !

— Quoi ? Je t'entends mal !

— Je te dis qu'Amélia Seymore est une intrigante ! Elle mène une opération d'espionnage depuis le jour où elle est entrée chez nous. Sa sœur et elle cherchent à nous détruire.

Un bref silence pesa sur la ligne.

— Amélia Seymore ? lâcha son cousin en détachant chaque syllabe d'un ton sidéré.

— Oui ! Seymore ! Le Projet Aurora est compromis. Et tiens-toi bien, elle prétend avoir trouvé je ne sais quelle preuve de corruption contre nous !

— Tu as dit « corruption » ? Comment ça ?

— Je ne sais pas, avoua Gianni, mais dans les messages que j'ai lus, Amélia Seymore affirme avoir récupéré la « preuve » que nous serions « pourris ». Je me trouve aux Caraïbes avec sa sœur. Je la tiens hors d'état de nuire en l'empêchant de communiquer avec qui que ce soit et de causer davantage de dégâts mais toi, peux-tu neutraliser Amélia ? Il faut court-circuiter ce sabotage !

— Oui, je m'en occupe, répondit Alessandro d'un ton si glacé que Gianni en frémit.

Ouf. Malgré les microcoupures de cette épouvantable liaison, l'essentiel du message était passé ! Gianni sentit aussitôt s'évanouir le poids qui lui comprimait le thorax depuis des heures.

— Je risque d'être difficile à joindre mais je ferai en sorte de t'envoyer un texto pour te tenir au courant.

— Moi aussi. À très bientôt, cousin.

Le soulagement de Gianni augmenta encore lorsqu'il raccrocha. Face à un ennemi, Alessandro pouvait se métamorphoser en missile longue portée : il ne ferait qu'une bouchée d'Amélia

Seymore. Oui, l'ignoble projet que sa sœur l'aidait à mettre au point allait couler à pic.

Il serait donc aisé d'empêcher Issy de nuire : apparemment, son unique mission consistait à accaparer l'attention de Gianni. Encore fallait-il qu'il en soit certain.

Lorsqu'elle réapparut sur le pont, elle portait une tunique ouverte sur un haut de bikini noir et un petit short en jean, le visage mangé par une immense paire de lunettes de soleil.

Décidément, il était impératif qu'il l'emmène sur Moustique. Car en pleine mer, elle disposait de bien des moyens de lui échapper : appel de détresse à un autre bateau, départ surprise en speed boat… Au moins, au village de Lowell, sur Moustique, il lui serait impossible de fuir.

— Alors ? Tu as trouvé ton smartphone ?

D'un air grave, elle secoua la tête.

— Non. Aucune idée de ce qu'il a pu se passer.

Gianni prit un ton encourageant.

— Il finira bien par réapparaître.

Sans mot dire, elle s'assit à l'autre bout du canapé où il était installé, dans le salon lounge avec vue sur la piscine.

— Oui, je l'espère bien, dit-elle soudain.

— En cas de besoin, tu peux te servir du mien, proposa-t-il. Il est chargé.

— Merci, mais je ne connais aucun numéro de mon répertoire par cœur.

Haussant les épaules, elle ajouta :

— C'est le prix à payer pour vivre à notre époque, je suppose. Nous ne sommes pas censés avoir mémorisé ces informations-là.

Gianni fit mine d'avoir l'air horrifié et s'écria :

— Tu veux dire que tu te sers de ton smartphone pour *téléphoner* ?

Le rire de la jeune femme le troubla davantage qu'il ne l'aurait voulu.

— Oui, je sais ! J'ai honte ! Qu'est-ce que je pourrais faire de pire ?

— Je ne sais pas. Regarder la télé ?

— Voyons, c'est impensable, répliqua-t-elle, hilare.

Elle parut réfléchir et reprit :

— Quand j'étais petite, j'aimais regarder ma mère écrire dans son répertoire. C'était un gros volume en cuir, à tranche dorée. Elle y notait même les adresses postales.

— Dis donc, je sais quand même ce que c'est qu'un répertoire en papier ! rétorqua-t-il.

Celui de sa grand-mère avait l'air d'un vieux grimoire, avec ses pages cornées et couvertes de pattes de mouche. Gianni le soulevait avec précautions, sinon des douzaines de papiers volants s'en échappaient pour tomber aux quatre coins de la pièce.

— Même si je ne retrouve pas mon smartphone, observa-t-elle, en achetant le neuf, je récupérerai toutes mes données. Si j'avais pu raconter ça à ma mère autrefois, elle se serait moquée de la technologie et elle aurait dit que la mémoire de son propre cerveau était plus sûre que celle d'un ordinateur.

Gianni haussait les sourcils.

— Autrefois ? répéta-t-il. Tu m'as dit qu'elle était en cure de désintoxication, n'est-ce pas ? Puis-je me permettre de te demander pourquoi ?

Issy aurait préféré ne rien lui dire – ou mentir. Et il n'était pas question qu'elle en lâche plus que nécessaire, mais… malgré sa réserve, elle voulait se montrer franche. Ne pas trahir sa mère.

— Eh bien… En fait, elle a beaucoup de problèmes. La dépendance en tête de liste.

— Aux drogues ?

« Oui, à cause de toi, espèce de salopard ! » fut-elle tentée, une fraction de seconde, de lui cracher au visage. Mais elle recouvra son calme et expliqua :

— Pas les substances prohibées. Les médicaments. Pour résumer, elle avale tout ce qui lui permet de ne pas penser, de ne rien ressentir.

Tout ce qui la sauvait du souvenir de ce qu'elle avait perdu.

— Et depuis combien de temps est-elle ainsi ?

Il y avait une flamme qui dansait dans ses yeux. Comme s'il ne la croyait pas tout à fait.

— Si cela ne t'ennuie pas, soupira-t-elle, j'aimerais mieux ne pas gâcher cette belle journée avec cette conversation.

Elle s'était délibérément assise sur la troisième place du canapé, laissant la généreuse largeur d'un coussin entre eux. Hélas... Il n'avait même pas besoin de la toucher pour qu'elle ait envie de lui. Pour qu'elle sente tout son corps s'éveiller de cette façon si nouvelle et si incroyable depuis leur rencontre.

Ce qui s'était produit tout à l'heure au bas du *slide* était... Inouï. Elle déglutit avec difficulté en se rappelant la puissante déflagration de son orgasme.

— Bien sûr, dit-il d'une voix vibrante d'empathie. Je ne voulais surtout pas te contraindre à évoquer ce sujet. Mais si tu redoutes qu'elle ne puisse pas te joindre, je tiens à ce que tu saches que tu peux l'appeler. Donne-lui mon numéro, si tu veux ?

Issy détestait la faiblesse qui s'infiltrait en elle. La gratitude déplacée. Si sa mère se trouvait dans cette situation, c'était entièrement *par sa faute* !

Elle se força à sourire.

— Non, merci. S'il y a un problème, l'infirmière appellera ma sœur. C'est plutôt la difficulté d'Amélia à me joindre qui m'inquiète. Non seulement je n'ai pas mémorisé son numéro mais j'ai oublié le nom de domaine de son courriel.

Il la fixa avec intensité.

— Ah ? Tu as une sœur qui s'appelle Amélia ?

6

Issy se sentit blêmir. Quelle idiote. Oh bon sang, elle était la reine des pommes !

— En effet, souffla-t-elle en s'efforçant de calculer l'impact de cette révélation en fonction des informations dont il disposait.

En principe, sa bévue resterait sans conséquences. Il ne pouvait pas établir de lien avec la responsable du Projet Aurora à partir d'un prénom.

En même temps, la disparition de son téléphone devait l'inciter à redoubler de prudence. Si c'était lui qui le lui avait pris, où diable l'avait-il dissimulé ? Il avait embarqué sans sac. Dans une poche de son bermuda ? Et puis, qu'en ferait-il ? Il n'obtiendrait rien de son appareil verrouillé par deux codes. Néanmoins, ce tour de passe-passe ne donnait guère envie à Issy de croire à une simple coïncidence.

— Nous sommes trop loin d'une île pour envisager d'aborder ce soir, lança-t-elle. Il vaudrait mieux jeter l'ancre jusqu'à demain.

À ces mots, il lui décocha une œillade si brûlante qu'une myriade de frissons la parcourut.

— C'est une invitation à passer la nuit avec toi ?

— À passer la nuit *sur le yacht*, corrigea-t-elle.

Avec elle ? Jamais !

— Je vois, susurra-t-il. La facilité, ce n'est pas ton truc. Tu aimes être conquise...

— Dans la vie, le meilleur n'est jamais conquis d'emblée, renchérit-elle en soutenant son regard avec audace.

— C'est très vrai, admit-il. Pour autant, tu ne me laisses pas le choix : tu *m'obliges* à passer toute la nuit à bord. Tout près de toi.

— Mais non. Tu peux toujours rentrer à La Barbade à la nage.

La surprise de son compagnon fut complète et suivie d'un rire si joyeux, si communicatif qu'elle se laissa contaminer. Ce n'était pas la première fois qu'elle l'amusait, et elle en éprouvait un plaisir coupable.

Enfin, il secoua la tête et répondit :

— Voyons, le choix est cornélien. Ou bien fuir par la mer, ou bien passer la nuit auprès de la femme la plus attirante des Caraïbes. J'hésite.

— Passer la nuit *sur le yacht* de cette femme, insista-t-elle.

Il leva les yeux au ciel, un sourire aux lèvres.

— Certes. Mais l'espoir fait vivre.

Même si elle savait que ce serait très dangereux pour elle, elle devait aller au bout de leur plan. Tenir cet homme loin d'un port, loin de la civilisation encore quarante-huit heures.

— Alors tu veux bien ? Tu restes ?

— Oh ! crois-moi, *bella*. Je me trouve merveilleusement bien où je suis : je n'échangerais ma place pour rien au monde !

— Belle cabine, commenta Gianni lorsque son hôtesse lui présenta sa chambre.

C'était la troisième cabine la plus luxueuse, après la sienne et celle qu'occupait Issy. Or, par superstition, peut-être, Gianni ne tenait guère à passer sa toute première nuit sur son nouveau yacht ailleurs que dans *son* lit.

— Tu trouveras tout ce dont tu as besoin dans la salle de bains attenante : peignoir, dentifrice, brosse à dents, etc. Fais comme chez toi ! Je te retrouve pour dîner dans une heure, d'accord ?

Il acquiesça, mais avant qu'elle ne prenne la fuite, il ôta son polo et le jeta sur une chaise. Naturellement, elle suivit ce mouvement du regard avant de rester interdite devant son torse nu.

Pauvre Issy. Elle ne se rendait même pas compte qu'elle était trop expressive : il lisait sur son visage comme à livre ouvert !

D'une démarche de fauve, il s'approcha d'elle et, la piégeant dos au mur, l'encadra de ses bras pour s'enquérir :

— Une douche à deux avant de t'en aller ?

Son parfum fruité chatouillait ses narines. Son adorable bouche rose n'avait jamais été plus appétissante, et sa poitrine se soulevait au rythme saccadé de sa respiration.

Elle le désirait au moins autant qu'il avait envie d'elle.

— Tentant, mais avec tes proportions, tu prendrais toute l'eau, répliqua-t-elle maladroitement.

— Oh ! je saurai me montrer généreux, *bella*, si c'est ce qui t'inquiète...

Du bout de l'index, il caressa la peau de son menton. Une peau d'une douceur toxique. Chez ce personnage hors du commun, le contraste entre l'enveloppe si délicate et une âme d'une noirceur destructrice le fascinait.

— D'ailleurs, enchaîna-t-il, je ne demande pas mieux que de te prouver combien un homme peut être généreux durant tout le temps que nous passerons à bord.

— Ta confiance en toi est très impressionnante, lâcha-t-elle d'une voix à peine audible.

Il posa une main sur l'un de ses seins. Si rond. Si dur et souple sous sa paume. Si offert, si parfait...

— *Dio*. Tu es sexy, murmura-t-il avant de se pencher pour l'embrasser.

Il voulait seulement lui rappeler l'effet qu'*il* produisait sur *elle* ! Or elle faisait fuser en lui tant d'énergie, tant de désir...

En fait, ce qu'il éprouvait en présence d'Issy Seymore allait beaucoup plus loin qu'un jeu. Jamais il n'avait eu envie d'une femme comme il avait envie d'elle. C'était réciproque, elle le lui prouvait à chaque regard. Pourtant... Elle le repoussa d'un geste ferme !

Il recula.

— Je ne peux pas faire ça, dit-elle simplement.

— Faire quoi ?

Elle poussa un profond soupir.

— Ça. Gianni...

Il fronça les sourcils. Elle avait les joues et le front rougis. Ses mains tremblaient.

— Je...

— Tu quoi ? interrogea-t-il, déjà fébrile d'impatience à l'idée d'entendre sa confession.

Elle regrettait ! Elle allait tout avouer !

L'incroyable regard bleu se leva vers lui, et elle lâcha :

— Je me réserve pour mon mariage.

À peine les mots franchirent-ils le seuil de ses lèvres qu'Issy voulut les ravaler. Trop tard. Elle ne savait pas d'où sortait cette ineptie. Bien sûr que non, elle ne se « réservait » pas pour le soir de ses noces : elle n'était pas la cadette d'une grande famille sous l'ère victorienne !

Mais...

Elle avait peur. Elle était même terrifiée. Les réactions de son corps au plus petit geste de Gianni lui ôtaient tout contrôle, toute volonté.

Elle se jura mentalement de se trouver un petit ami dès

que cette histoire serait derrière elle. Et elle contraindrait Amélia à l'imiter ! Il y avait trop longtemps qu'elles avaient mis leur vie intime entre parenthèses pour se concentrer sur les Rossi, du matin au soir.

Gianni était le seul responsable de ce qu'il lui inspirait : si lui et son ignoble cousin n'avaient pas ruiné leur existence, elles auraient pu poursuivre leur adolescence normalement. Comme toutes les autres lycéennes, elles auraient connu le flirt, les amourettes. Puis les aventures d'une nuit à la fac, peut-être même un petit chagrin d'amour suivi d'une grande et belle histoire qui durerait...

Au lieu de cela, elles avaient désespérément tenté de sauver leur père de lui-même, puis leur mère, tout en regardant l'intégralité des biens familiaux disparaître. Avec leur école, elles avaient perdu leur entourage et avec leur maison, leurs derniers amis...

Tout. Ces immondes rapaces leur avaient *tout* pris ! Ni Issy ni sa sœur n'avaient pu faire l'expérience des sentiments ou de l'attirance physique, tant elles étaient broyées au quotidien.

Et maintenant, à vingt-trois ans, contrainte de jouer le rôle d'une séductrice, quoi d'étonnant à ce qu'elle se fasse piéger ? C'était une raison de plus de le haïr, songea-t-elle en serrant les poings.

Elle lui décochait un regard assassin lorsqu'elle réalisa qu'il lui donnait envie de rire. Son expression la désarma. Il n'aurait pas eu l'air plus médusé si elle lui avait annoncé qu'elle était un robot en visite depuis une autre galaxie.

— Tu... *Tu te réserves pour le mariage* ? bégaya-t-il.

Sa réaction valait de l'or. Ravie, elle confirma d'un hochement de tête empreint de gravité.

Son compagnon changea toutefois d'attitude assez vite. Haussant les épaules avec nonchalance, il se rapprocha un peu, la contraignant à admirer ses pectoraux et la toison brune de son torse.

Il avait fait exprès de retirer son polo pour lui infliger cette tentation, comprit-elle, exaspérée.

— Désolée de te décevoir, asséna-t-elle.

— Moi ? Pourquoi serais-je déçu ? Il y a tant d'autres manières de partager le plaisir…

Oh ! bon sang ! Que signifiait ce revirement ? Pourquoi fallait-il qu'il prononce ces paroles de cette voix ensorcelante ?

— Gianni… Ne crois pas que tu ne m'attires pas. Au contraire, tu me plais beaucoup.

— C'est réciproque, murmura-t-il d'un ton rauque. *Très* réciproque !

Au prix d'un effort surhumain, elle parvint à demeurer stoïque.

— Et je me rends compte que je t'ai donné certains espoirs, mais c'est seulement parce que tu m'as tapé dans l'œil. Dès que je t'ai rencontré, tu m'as tellement coupé le souffle que j'ai cru pouvoir envoyer au diable mon engagement moral. Finalement, je réalise que je tiens trop à mon rêve. Je veux une nuit de noces magique. Excuse-moi, mais je ne m'offrirai pas à un homme avant de contempler mon alliance à mon doigt.

Il sourit, l'air bienveillant.

— Ne t'excuse pas, voyons. Être fidèle à sa morale et à ses projets, c'est quelque chose de remarquable. Tu as raison de suivre ton rêve.

Issy hocha la tête avec modestie.

— Je suis contente que tu comprennes.

— Mais en effet, je comprends parfaitement. C'est simple : tu ne coucherais avec moi que si je t'épousais. C'est ça ?

— Oui.

Aussitôt, il clama :

— Alors j'accepte !

Issy fronça les sourcils.

— Tu acceptes quoi ?

— Ta demande.

— Pardon ?

— Ta demande en mariage, dit-il, sourire aux lèvres.

Une nouvelle fois, il fit un pas vers elle, et elle dut se coller dos au mur.

Lorsqu'il plongea son regard dans le sien, il était si près qu'elle y vit danser des flammes diaboliques.

— Oui, reprit-il. Je dis oui.

Le festival d'émotions qui défilait sur le visage d'Issy emplissait Gianni de joie. Il l'avait bien eue ! L'excitation du prochain épisode le fit frémir.

— Mais tu... Tu n'es pas sérieux, balbutia-t-elle. Tu ne voudrais pas m'épouser *uniquement* pour coucher avec moi !

— Pourquoi pas ? Je trouve qu'on s'entend bien ! On s'amuse : nous allons de récréation en récréation, exactement comme tu l'avais promis. Que demander de plus ? C'est de ne pas se marier qui serait absurde.

D'une main, il effleura encore les contours de sa poitrine et se sentit perdre l'esprit. Juste pour le plaisir de la voir et de la sentir nue contre lui, oui : il était prêt à l'épouser.

— Voyons Issy, insista-t-il. La vie consiste à prendre des risques. Et justement, toi et moi, nous adorons ça. Alors pourquoi hésiter ? Marions-nous et passons le reste de notre séjour aux Caraïbes à nous dévorer mutuellement au lit...

Issy savait bien qu'il jouait. Si seulement ses caresses ne la plaçaient pas à sa merci... Si seulement elle pouvait lutter contre la bouffée de vertige qui l'envahissait chaque fois qu'il effleurait sa peau. Ses seins se gorgeaient de sève et de désir, ils se tendaient vers lui comme pour l'appeler et elle en avait mal. Il était seul apte à lui offrir la délivrance de cette tension, lorsqu'il posait ses doigts sur ses tétons durcis et que...

Nom d'un chien, il fallait qu'elle reprenne ses esprits. C'était une tactique de sa part. Une ruse grossière. Il voulait absolument l'attirer dans son lit, voilà tout : et en la poussant à un mariage que ni l'un ni l'autre ne souhaitait, il cherchait à obtenir un « dédommagement » à sa « déception ». Puisqu'elle devrait refuser de devenir sa femme et qu'il endosserait le rôle de la victime éplorée.

Soudain, Issy retrouva le goût du jeu. Ah, il croyait mener cette partie ? Il en serait pour ses frais !

— Hélas, dit-elle, un mariage reste une démarche administrative. Il y a une procédure, des formulaires, des délais. Alors à moins que tu ne possèdes une baguette magique, je ne vois pas comment nous pourrions envisager qu'avant la fin de tes quinze jours...

— Le capitaine, coupa-t-il d'un ton réjoui.

— Oui ? Eh bien ?

— C'est lui, la baguette magique. Il existe des capitaines de vaisseaux dotés de la compétence de marier les passagers. Si le tien a obtenu une licence, il peut nous marier. Il a la licence ?

Blême, Issy chercha vainement une parade au fond de son cerveau.

— Mais, euh... Je ne sais pas.

— Eh bien, allons lui poser la question ! proposa-t-il, enthousiaste. Tu as emporté ton passeport ?

— Moi, oui, répondit-elle, soulagée. Pas toi.

— Bien sûr que si ! Il ne me quitte jamais, précisa-t-il en brandissant triomphalement son portefeuille.

Il en tira son passeport et l'exhiba en même temps qu'un sourire machiavélique.

Issy s'efforça de demeurer placide. Non, ce n'était pas possible : il n'avait pas *réellement* envie de l'épouser. Il voulait qu'elle cède. Que ce soit elle qui s'avoue vaincue. Eh bien, il allait devoir attendre !

— Merveilleux ! s'exclama-t-elle. Nous allons vite chercher le mien, mais avant...

Mimant une folle impatience, elle se jeta sur le téléphone intérieur et appuya sur la touche de communication avec le capitaine.

— Dis-lui de nous retrouver au salon extérieur, suggéra-t-il.

Gianni la regarda presser le combiné contre son oreille, certain qu'elle raccrocherait et mettrait un point final à cette plaisanterie dans la seconde. Cette idée de mariage était tout aussi grotesque pour elle que pour lui. Quant à son vœu de chasteté prénuptial ! Ah ! Quel canular. À la décharge de son hôtesse, toutefois, il devait reconnaître qu'elle jouait admirablement son rôle. Durant quelques instants, il avait été tout près de croire que... Mais non, elle n'était pas vierge.

Et elle allait plier. Maintenant...

Fronçant les sourcils, il l'écouta donner rendez-vous au capitaine. Elle le priait de les retrouver tous les deux au salon du pont supérieur afin de l'entretenir d'une « affaire privée ».

Son audace forçait son admiration, songea-t-il en suivant la jeune femme à l'extérieur, pour retrouver le capitaine James Caville qui ne trahit pas d'un battement de cils sa loyauté envers lui.

Il y avait quatre ans qu'il travaillait pour Gianni, et il était passé des commandes de l'ancien yacht à celles du *Palazzo delle Feste* avec une aisance étonnante. Lui et l'équipage au grand complet avaient tout de suite accepté de se prêter à la mise en scène : leur patron leur avait dit qu'il était la cible d'une arnaqueuse et qu'il avait besoin de ce subterfuge pour la piéger. Le défi les amusait.

En cet instant, Issy ne risquait pas de deviner que Gianni

avait passé des nuits mémorables à jouer aux cartes et à descendre des bouteilles de whisky avec James Caville, un authentique génie du poker.

Gianni avait la certitude de si bien le connaître qu'il manqua tomber à la renverse en l'entendant annoncer que oui, il était titulaire de la licence d'officier d'état civil.

— Le *Palazzo delle* Feste est immatriculé aux Bermudes, mon permis m'a été délivré là-bas : je peux donc vous marier. Il suffit que je contacte le service concerné au ministère pour récupérer le formulaire. Voulez-vous que j'en fasse la demande ?

Oh ! bon sang ! Gianni avait intérêt à réfléchir vite. Il s'était attendu à ce que James éclate de rire, sans envisager que son capitaine croie à un nouvel aspect du scénario soumis par son boss ! Du reste, il pensait que ces histoires de mariages célébrés en bateau relevaient d'un ancien folklore, voire du mythe pur et simple.

Il fallait qu'*elle* tombe le masque. Qu'elle lève le pouce, et qu'on en finisse avec ce sketch. Hélas, il le voyait bien, elle attendait la même reddition de sa part. Sans trahir ni doute ni panique, elle le fixait insolemment. Elle voulait le faire plier, lui !

— Oui, s'il vous plaît ! s'exclama-t-il avec un sourire nigaud.

La seule réaction de James fut de hausser les sourcils.

— Et quand souhaitez-vous que nous procédions à la cérémonie ?

Gianni se tourna vers Issy.

— Ma foi, le plus tôt serait le mieux. Si une somme d'argent peut permettre d'accélérer la procédure, n'hésitez pas à me le dire.

— Je vais prendre tout de suite des renseignements, dit le capitaine en les quittant.

— Un verre en attendant son retour ? suggéra-t-il.

Le visage livide de la jeune femme se métamorphosa

soudain, et elle lui prodigua son plus radieux sourire pour objecter :

— Un verre ? Oh non : une coupe ! Notre meilleur champagne, s'il vous plaît !

Joyeusement, elle se tourna vers le barman pendant que Gianni cherchait désespérément un moyen d'interrompre cette machine infernale.

Hélas, il n'avait plus la main. C'était à elle de tout interrompre. « Allez, Issy, déballonne-toi ! », pria-t-il au fond de lui-même, écartelé entre l'excitation et la panique.

Combien de temps serait-il encore capable de singer la joie pure d'un amoureux transi ? Quand admettrait-il enfin que la comédie avait assez duré et qu'il ne jouait plus ?

Après deux coupes de champagne devant un « fiancé » aux anges, Issy se sentait de plus en plus navrée pour le capitaine et les efforts qu'il déployait afin d'accélérer, carotte à l'appui, la procédure désuète du mariage en mer... Tant d'énergie dépensée pour rien !

Elle entama sa troisième coupe en s'enjoignant au calme. Gianni pouvait tenter de graisser la patte des fonctionnaires dans tous les services d'état civil des Bermudes ou du Royaume-Uni, ça ne marcherait pas. De nos jours, aucune administration ne plaisantait avec le respect formel des délais : la publication des bans, la visite médicale, les témoins, l'extrait de naissance, peut-être, voire une attestation de domicile ? Le capitaine allait revenir vers eux le visage contrit, il leur annoncerait que le mariage était impossible avant leur retour en Angleterre : Gianni n'aurait plus qu'à se retrancher, piteux, dans sa cabine, et elle aurait la paix jusqu'à la prochaine escale – où elle larguerait définitivement son passager. Bye-bye !

Une officière traversa le pont et tendit une liasse de

papiers au capitaine qui était toujours pendu au téléphone avec l'administration.

Gianni les rejoignit, et elle tenta d'entendre quelques bribes de leur conversation à trois. Si elle ne discernait pas un mot, elle refusa pour autant de croire à la satisfaction qu'elle lisait dans leurs yeux.

Laissant échapper un petit rire, elle reprit une gorgée de champagne qu'elle manqua recracher en voyant l'officière serrer chaleureusement la main de Gianni, puis celui-ci remercier le capitaine.

Un gros caillou se logea dans son estomac, et elle resta interdite sur le canapé. Pétrifiée.

Avec une fausse nonchalance, Gianni revenait vers elle. Il tenait sa coupe en l'air, portant déjà un toast. Le diable incarné.

Le capitaine ne tarda pas à arriver et à annoncer :

— Tout est prêt ! Il ne reste qu'à désigner deux témoins parmi mes officiers, et nous pouvons procéder à la cérémonie.

Issy fixa attentivement Gianni, qui ne la quittait pas des yeux. Il attendait qu'elle cède. C'était donc vrai : le capitaine pouvait les marier... dès ce soir !

Incorrigible coureur de jupons, drogué du travail, Gianni Rossi n'épouserait *pas* une fille qu'il connaissait à peine uniquement pour la coucher dans son lit, se rappela-t-elle. Non. En revanche, elle avait affaire à un joueur d'échecs de première catégorie.

— Alors vous pouvez nous marier maintenant, capitaine ? s'enquit-il sans cesser de la regarder.

— C'est possible, oui. Cela vous coûtera une belle somme mais je peux avoir l'autorisation nocturne.

Gianni se tourna triomphalement vers elle :

— Alors ? Prête à devenir ma femme, *bella* ?

— Pourquoi pas ? opposa-t-elle. Tu l'as dit toi-même : on

s'amuse bien. Ce serait follement excitant ! Sauf si tu as... des doutes ?

— Aucun, asséna-t-il en la toisant d'un air farouche.

Ah, il ne voulait pas plier ? La victoire n'en serait que plus savoureuse, pensa-t-elle. En route pour la cérémonie – qui avorterait au bout d'une à deux minutes.

Deux hommes en bermudas bleu marine et polos bleu ciel les rejoignirent.

— Il me faut une alliance, déclara Gianni.

— Deux alliances, renchérit-elle en se relevant vivement.

Un léger vertige la saisit.

Le déjeuner était loin et le champagne commençait à faire effet. Néanmoins, elle ne regrettait pas la douce ivresse qui l'aidait à savourer la drôlerie, l'absurdité de cette blague. Finalement, cette histoire de mariage en bateau qui n'aurait jamais lieu était hilarante !

— Je peux vous prendre une feuille de papier, capitaine ? demanda-t-elle.

Il hocha la tête, et elle plia plusieurs fois la page, se servant de ses ongles pour former deux accordéons à découper. Puis elle tendit les languettes à Gianni.

— Et voilà ! s'écria-t-elle fièrement. Un morceau d'adhésif et nos alliances sont prêtes !

Elle regarda sa pomme d'Adam monter et descendre, comme il déglutissait avec peine.

— Tu es sûre de toi ? questionna-t-il.

Encore ! Il refusait de demander grâce ! Il voulait que ce soit elle qui plie ? Eh bien non.

Ce ne fut qu'au moment où ils se tinrent debout l'un près de l'autre face au capitaine, deux officiers sagement postés derrière eux pour servir de témoins, qu'elle comprit où ils en étaient.

Les mots qu'elle entendait réciter étaient bien ceux de la *cérémonie du mariage*. Ils ne se trouvaient pas sur une scène de théâtre et il n'y aurait pas de *deus ex machina* pour interrompre la comédie, ou plutôt la folie qui était en train de se réaliser.

Non.

Car aucun d'eux n'acceptait de mordre le tapis.

7

Dans la salle de bains de sa cabine, Issy porta les deux cachets d'analgésique à sa bouche d'une main tremblante. Les yeux fermés et le cœur battant, elle les avala avec un grand verre d'eau. Sa consommation de champagne lui valait une migraine, sauf si elle devait attribuer les torts à l'adrénaline qui gorgeait son sang depuis qu'elle était devenue l'épouse de Gianni Rossi.

Si l'amusement l'avait chauffée à blanc, le retour au réel faisait l'effet d'un bain dans les eaux noires de l'Arctique.

Il ne s'agissait plus d'une plaisanterie. *Elle venait d'épouser son pire ennemi.*

Les vœux solennels qu'elle avait prononcés, la signature qu'elle avait apposée au bas des documents ; tout était réel. Le seul coup de chance concédé par un destin funeste, c'était que Gianni n'ait prêté aucune attention à son vrai nom : Isabelle, Christine Seymore.

Quel démon l'avait donc possédée pour qu'elle aille au bout de ce jeu inique, pervers, dément ? Et lui ! Pourquoi avait-il fait ça ?

Quelle catastrophe. Amélia allait la tuer.

Il y avait des heures qu'elle ne songeait plus à sa sœur, qui devait commencer à s'inquiéter de son silence… Il fallait à tout prix qu'elle retrouve son smartphone – s'il était encore sur le yacht.

Fermant les yeux, elle prit plusieurs longues inspirations pour recouvrer ses esprits. Voyons, c'était la nuit à Londres : Amélia dormait et ne s'inquiéterait de ne pas avoir de nouvelles de sa sœur que le lendemain, en fin de journée.

Si d'ici là, elle devait conclure que Gianni avait jeté son appareil à la mer pour la contraindre à se servir du sien, elle emprunterait le téléphone d'un membre de l'équipage, chercherait le numéro d'accueil du siège de Rossi et parviendrait ainsi à parler à sa sœur.

Mais pour l'heure, sa seule et unique priorité, c'était de faire annuler ce maudit mariage. Mieux : de faire en sorte qu'il n'ait jamais eu lieu ! Elle devait parler avec le capitaine en privé pour qu'il détruise l'acte avant qu'il ne soit enregistré officiellement.

Se précipitant vivement sur le téléphone intérieur du yacht, elle écouta les sonneries s'égrener au poste du capitaine. Enfin, une officière lui répondit : il n'était pas disponible mais il la rappellerait.

— Non, oublions cette affaire pour la nuit, conclut Issy. Je le recontacterai à la première heure demain matin.

Ils se trouvaient en pleine mer caribéenne et par conséquent, l'acte original serait envoyé en express depuis leur prochaine escale. Tant mieux, en un sens : cela lui donnait le temps de préparer une explication.

Ou d'empêcher son mari de la laisser détruire leur union !

Il était tard mais le premier dîner en amoureux du jeune couple était servi à l'extrémité intime d'une table en forme de L prévue pour vingt convives. La salle à manger disposait d'une vue panoramique sur la mer, des bougies étaient allumées dans de ravissants chandeliers en cristal, et les dernières zébrures du soleil couchant projetaient un halo orangé dans la pièce.

Le romantisme du décor était parfait ! Gianni leva encore une fois sa flûte de champagne pour trinquer avec sa femme.

Depuis qu'elle l'avait rejoint ici, il ne parvenait pas à cesser de la dévorer des yeux. Oh ! bien sûr, elle était plus que ravissante dans sa petite robe de soie rose. Bretelles fines, décolleté sage, volants enfantins – ce vêtement élégant découvrait ses bras fins, ses jambes galbées, la finesse de son grain de peau. Elle avait redressé ses cheveux en chignon volumineux, faussement désordonné… et outrageusement sexy. Un trait d'eye-liner noir faisait ressortir la teinte unique de ses yeux, et elle avait peint sa bouche et ses ongles d'un rouge vampirique. Infiniment désirable, elle lui infligeait un terrible inconfort au-dessous de la ceinture.

Et pourtant…

Ce n'était pas elle qui le captivait. Enfin, pas sa superbe épouse en rose. Celle qu'il cherchait dans chacun de ses traits, c'était la petite brune aux joues plus rondes. La superposition du cliché de fond d'écran sur la femme en sa présence devenait une opération mentale inconsciente et impossible à interrompre. Lui-même n'aurait su dire pourquoi la version pulpeuse et, somme toute, plus ordinaire de cette créature l'obsédait à ce point.

Agacé par le tour que prenaient ses pensées, il s'efforça de se concentrer sur son urgence : faire disparaître toute trace tangible de cette grotesque cérémonie. Les papiers qu'ils avaient signés ce soir ne prendraient pas la direction d'un bureau de l'administration britannique. Oh non ! M. et Mme Rossi allaient gentiment déchirer l'attestation de cette plaisanterie, et le dossier serait classé. À condition qu'Issy soit d'accord… Mais pourquoi s'y opposerait-elle ? Ils avaient joué le même jeu, et ils se retrouvaient l'un comme l'autre en position de perdants !

De toute façon, si elle s'avisait de faire des histoires, il ne lui offrirait pas le choix. Il disposait de toute la panoplie des arguments pour la contraindre à retrouver la voie de la raison, si elle n'y venait pas d'elle-même ! Dès le lendemain, ils aborderaient Moustique et *toute* la supercherie prendrait fin.

En attendant, il était très curieux de voir et d'entendre les stratagèmes concoctés par son épouse pour s'évader de cette union.

Au grand soulagement d'Issy, loin de tourner à l'épreuve pénible, le dîner de noces fut agréable. Elle s'autorisa à goûter à tous les plats que le chef, qui s'était mis en quatre en dernière minute, leur avait amoureusement réservés : langoustines grillées, spaghettis aux truffes blanches, tarte aux framboises sur pâte sablée au cacao – un rêve. Le plaisir des papilles les aida à aborder des sujets de conversation inoffensifs, aucun d'eux ne souhaitant, naturellement, convoquer celui de l'avenir de leur couple ! Comme ils glissaient de la musique aux livres, elle s'étonna :

— Comment cela, tu ne lis pas ?

— Plus depuis que j'ai quitté l'école, expliqua-t-il. Les livres inscrits au programme étaient trop barbants, je n'ai jamais pris aucun plaisir à les lire.

— Mais tes parents ne t'encourageaient pas à découvrir des romans, de la poésie ? insista-t-elle.

Les siens lui avaient transmis l'amour de la littérature : un trésor qui lui procurait encore de grands bonheurs, et qu'elle chérirait jusqu'à son dernier souffle.

Le visage de Gianni se durcit lorsqu'il répondit :

— Mon père est une brute misogyne et homophobe. S'il m'avait surpris en train de lire un livre, il en aurait conclu que j'étais gay et il m'aurait battu à s'en démettre l'épaule.

Le choc que lui valut cet aveu fut tel qu'elle eut du mal à ne pas cracher une framboise. L'expression consternée de son compagnon lui révéla qu'il regrettait cette confession imprévue.

— Pardon, dit-il en remplissant leurs flûtes. Je ne voulais pas casser l'ambiance.

— Non, ce n'est pas grave, mais... C'est vrai ?

Il leva vers elle un regard indéchiffrable.

— Bien sûr que c'est vrai. Je n'inventerais pas une chose pareille. Mon père est un monstre. Mais si tu le veux bien, je préfère t'entendre me parler des livres que tu aimes, le soir de nos noces.

Il sourit. D'un sourire pâle, discret, inhabituel chez lui.

Issy sentit comme un tremblement de terre sous ses pieds. Elle avait lu tout ce qu'il était possible de lire au sujet des Rossi. Elle savait qu'Alessandro et Gianni avaient passé leur enfance dans le vignoble familial, en Ombrie. Que la mère de Gianni avait quitté son mari et qu'elle vivait à Milan. Que les deux cousins avaient coupé les ponts avec leurs pères respectifs et qu'ils avaient même changé de patronyme dès leur majorité.

Elle n'était pas censée éprouver de compassion pour les malheurs des Rossi. Alors pourquoi les mots terribles prononcés par Gianni l'ébranlaient-ils au plus profond d'elle-même ? Pourquoi éprouvait-elle le besoin d'en savoir davantage ?

— Tu lis beaucoup, toi, n'est-ce pas ? reprit-il.

Elle acquiesça.

— Dois-je comprendre qu'une reine de la fiesta comme toi mène, en secret, une double vie de rat de bibliothèque ?

Elle sourit et posa un index sur sa bouche avant de se pencher vers lui.

— Chut. C'est top-secret, oui.

Amusé, il sourit, la toisa d'un regard scrutateur et observa :

— Mon petit doigt me souffle que vous collectionnez les secrets, *Signora* Rossi.

Une flamme espiègle dansait dans le regard clair de Gianni, et Issy prit sa voix la plus veloutée pour murmurer :

— Et le mien, que vous ne tarderez guère à tous les découvrir, *Signor.*

Il lui prit la main et la porta à ses lèvres pour l'effleurer d'un baiser de gentleman.

— J'en brûle d'impatience, déclara-t-il.

C'était fichu, songea-t-elle. Elle ne voyait pas comment échapper à sa nuit de noces si son corps s'affranchissait de ses dernières résistances.

— Moi aussi, dit-elle.

Un long silence tomba dans la pièce. Gianni se leva, fit le tour de la table, lui prit la main d'un geste galant et l'invita à l'accompagner au fond de la salle.

Juchée une nouvelle fois sur des escarpins à talons aussi hauts que des échasses, Issy jugea les dix mètres qu'ils parcoururent équivalents à dix mille. Ils s'assirent sur un immense canapé face à la mer. Les étoiles constellaient le ciel nocturne et faisaient scintiller les flots. La lune, argentée, paraissait deux ou trois fois plus grande qu'à Londres.

Il y avait un moment qu'Issy sentait son cœur battre à coups affolés. Un brasier s'était allumé dans son ventre. Lorsque Gianni pencha sur ses lèvres, elle ferma les yeux.

Impossible de se dérober à la force de son désir.

Ivre de ses baisers, Issy se laissa basculer sur le canapé. Gianni glissait ses doigts dans ses cheveux, défaisant une à une les mèches de son chignon.

Son sang pulsait dans ses veines à mesure qu'une merveilleuse chaleur l'envahissait, et dès qu'il effleura sa poitrine, elle lâcha un gémissement de plaisir.

D'un geste expert, il fit descendre le zip de sa robe pour la glisser sur ses hanches.

Issy n'avait pas mis de soutien-gorge. Elle surprit le regard de Gianni. Un regard à la fois adorateur et affamé. Sans un mot, il se pencha sur ses seins et embrassa leurs pointes brûlantes avec tant de volupté qu'elle crut en perdre la tête. Des sensations d'une dangereuse intensité fusaient en elle, la propulsant vers les cimes d'une extase insoupçonnée.

Le plaisir qu'il lui prodiguait tenait de la torture et de l'envoûtement. Ses mains puissantes alternaient les caresses avec sa bouche qui l'aspirait. Sa langue sinuait sur sa peau et elle se cambrait un peu plus à chaque instant pour en avoir davantage – encore et encore.

D'une main audacieuse, elle se mit à caresser la protubérance de son bermuda et sentit, surprise, les proportions et la dureté de son sexe. Elle avait envie de le découvrir et, avec une témérité décuplée, elle ouvrit sa braguette.

Sans s'accorder une seconde pour reprendre leur souffle, ils s'embrassaient follement, passionnément, quand Issy fut électrisée par le contact de son membre. Jamais elle n'aurait cru possible que la peau soit si douce, si fine, sur le muscle si massif… C'était fascinant. Elle arpenta d'une main goulue toute la hauteur de sa verge avant qu'il ne lui saisisse le poignet pour l'interrompre.

— Oh là. Doucement…

Mais son désir était trop intense. Plus question d'attendre !

— Tu as des préservatifs ?

Il hocha la tête.

— Dans ma poche arrière.

Elle inséra une main sur la poche postérieure et en sortit trois carrés en plastique.

Dès qu'elle les lui tendit, il détourna les yeux pour ouvrir un emballage.

Issy avait tellement envie de lui qu'elle en tremblait. Fébrile, brûlante de désir, elle ne demandait qu'à connaître encore l'orgasme, dans toutes ses nuances et ses variations.

Ayant fait tomber sa robe et son slip à terre, elle l'invita à revenir sur elle.

Agrippée à son cou, elle susurra :

— Sois délicat.

Il déposa une traînée de baisers ardents au creux de son cou et la pénétra doucement.

À peine. Juste un peu… alors qu'elle voulait le sentir en elle tout entier ! Car la sensation qui montait en elle était inédite. Quelque chose de fort, une vague rugissante la portait vers une autre expérience charnelle.

— C'est ta première fois ?

— Oui, avoua-t-elle sans fausse pudeur.

Elle aimait ce nouveau plaisir, un plaisir aussi brut qu'un diamant à l'état naturel, et elle écarta les cuisses pour qu'il s'enfonce en elle.

Mais l'hésitation qu'elle lut dans son regard clair lui fournit la preuve que la virginité d'une partenaire posait un problème à Gianni Rossi.

— Ne t'inquiète pas, assura-t-elle. Tu ne risques pas de me faire mal.

Loin de paraître convaincu, il s'immobilisa.

— Je sais qui tu es, lâcha-t-il d'un trait.

Pourquoi cessait-il de bouger ? Que se passait-il ? Est-ce que ce n'était pas assez bon pour lui ?

— Ça ne va pas ? demanda-t-elle.

Il se retira d'elle sans cesser de plonger son regard dans le sien.

— Je sais que tu es la fille de Thomas Seymore.

Le cerveau d'Issy refusait toujours d'assimiler le sens de ces paroles. Non, ce n'était pas possible, il n'était pas en train de lui dire que…

Soudain, un effroyable frisson la parcourut. La situation lui apparut dans sa vérité la plus crue, et le premier réflexe d'Issy fut la rébellion. Elle ferma les poings, repoussa brutalement Gianni et roula jusque sur le sol.

Cherchant frénétiquement à se couvrir de la robe qu'elle avait jetée par terre quelques minutes plus tôt, elle se redressa et manqua se briser la cheville sur l'un de ses stupides escarpins.

Gianni avait sauté sur ses pieds et la retint par la taille, lui évitant la blessure.

— Issy...

— Ne me touche pas ! Écarte-toi de moi. Va-t'en, va-t'en !

— Mais Issy, écoute-moi je t'en prie...

— Laisse-moi ! s'époumona-t-elle, perdant tout contrôle.

Elle ne pouvait pas le regarder. Ni l'entendre. Tout était en train de tourbillonner et puisqu'il refusait de sortir de son champ de vision, elle se précipita hors de la salle à manger, jeta ses sandales sur le pont et courut de toutes ses forces jusqu'à sa cabine.

Après avoir verrouillé la porte, elle s'adossa au mur, essoufflée, et se sentit gagnée par une nausée effroyable. Elle passa aussitôt dans la salle de bains, s'agenouilla devant la cuvette – mais elle ne vomit pas : peu à peu, le malaise reflua.

Elle se releva pour se servir un grand verre d'eau qu'elle but à petites lampées. La sueur perlait à son front et elle était écarlate.

Enfin, elle se rappela qu'elle avait sottement remis à plus tard une tâche relevant de la plus haute urgence, et elle appela le capitaine dans sa cabine.

En raccrochant, elle se laissa glisser par terre.

Les papiers étaient déjà parvenus à l'état civil de Kingstown, à Saint-Vincent-et-les-Grenadines.

Gianni prit une douche et s'habilla.

Il avait réussi à passer sa première nuit à bord dans sa proche cabine. Depuis l'instant où il avait engagé la commande de ce yacht de grand luxe, il rêvait de cette première nuit qu'il voyait comme le symbole d'un accomplissement, et comme une récompense bien méritée après un travail acharné.

Pourtant, c'était à peine s'il avait pu fermer l'œil de la nuit. Il s'était tourné et retourné cent fois, hanté par le visage d'Issy au moment où il lui avait avoué connaître son identité. Un visage... comment dire ? Défait. Totalement décomposé par l'horreur. On aurait dit qu'il lui avait jeté un sort en prononçant ces mots. En tout cas, elle l'avait regardé comme un animal écœurant avant de prendre ses jambes à son cou.

L'humiliation était un sentiment ravageur. Et la jeune femme audacieuse qu'elle était une minute plus tôt s'était métamorphosée en créature infiniment vulnérable...

Il poussa un profond soupir. Avant l'aube, il avait donné ordre à James de mettre le cap sur Moustique et de détruire l'acte de mariage. Sa première requête avait été exécutée sur-le-champ, mais la seconde... Croyant bien faire, dans la mesure où Gianni avait payé pour accélérer la procédure, le capitaine avait fait venir une vedette, repartie porter les documents à bon port. Il y avait des heures que leur acte de mariage était tamponné et certifié en trois exemplaires !

Il allait donc falloir entamer juridiquement une demande d'annulation ; voire un divorce.

Cela lui apprendrait à pousser un jeu dangereux beaucoup trop loin et à confier à quelqu'un d'autre autant d'ascendant sur lui, songea-t-il avec rage.

Refusant de se laisser abattre, il inspira une grande goulée d'air maritime et sourit à l'horizon : un ciel azur sur une mer au vert encore opale, en ce début de journée.

L'annulation pouvait attendre. C'était Issy qui lui causait le plus de soucis. Il n'aurait pas dû accorder la moindre attention à ses états d'âme, mais la violence de sa volte-face l'avait bouleversé. Impossible de chasser de sa mémoire ses yeux hagards à l'instant où elle quittait ses bras.

Il traversa le pont inférieur et trouva la jeune femme attablée dehors, devant son petit déjeuner. Elle avait l'air différente. Ses cheveux étaient attachés en queue-de-cheval et elle ne portait aucun maquillage. Elle avait l'air plus jeune.

Malgré l'angoisse qui lui nouait l'estomac, Gianni s'approcha, prit une chaise face à elle et posa son téléphone sur la table.

Avec superbe, Issy l'ignora et continua son repas.

Et quel repas ! constata-t-il. Elle se tenait devant une assiette d'œufs brouillés au bacon et aux champignons, dévorait ses toasts beurrés et attrapa la verseuse pour se resservir une tasse de café.

8

Gianni porta son choix sur une orange dans la corbeille de fruits boudée Issy. Le plat de viennoiseries était intact, lui aussi. Mais de toute façon, pour sa part, il était incapable d'avaler quoi que ce soit.

— Tu comptes me faire la tête encore longtemps ? demanda-t-il quand le silence lui devint insupportable.

Elle fit mine d'hésiter entre un croissant et un pain au chocolat, prit le second et croqua dedans. Visiblement, elle était déterminée à l'ignorer

— Tu m'en veux. J'ai bien saisi le message, Issy. Mais tu ne peux t'en prendre qu'à toi-même. C'est toi qui m'as piégé, en me traînant jusqu'ici pour permettre à ta sœur de dynamiter ma société.

Il crut avoir marqué un point : elle s'immobilisa et parut tenir compte de la justesse de son argument. Mais en la voyant mordre de bon appétit dans sa viennoiserie, il comprit qu'au contraire, il venait de mettre un coup d'épée dans l'eau.

Loin de rougir ou de paraître regretter son action maléfique, la jeune femme semblait n'avoir qu'un regret : avoir été découverte.

— Je vais te décevoir, reprit-il avec dureté, car vos plans ont été déjoués. J'ai averti mon cousin dès que j'ai appris ce que vous trafiquiez, toutes les deux.

Elle planta son regard dans le sien. Un regard de pur mépris. Impassible.

— Je me suis rendu compte quasiment tout de suite que tu étais une arnaqueuse, enchaîna-t-il. J'ai cloné les données de ton téléphone et depuis que je sais ce que vous comptiez faire, je le garde dans ma cabine. Dès que tout danger sera écarté, je te le rendrai, et tu pourras communiquer avec Amélia.

Issy fit reculer sa chaise et se leva. Sans lui adresser un autre regard elle attrapa une pomme dans le panier de fruits et s'éloigna.

Furieux, Gianni voulut la punir de son silence et lâcha :

— Je ne devrais pas m'étonner que tu n'aies rien à dire pour ta défense ! Ton père non plus n'a pas fait le bavard quand nous sommes venus lui mettre le nez dans ses malversations, Alessandro et moi !

Durant un instant, elle resta interdite. Puis, elle pivota sur ses talons et sa queue-de-cheval se mit à danser derrière elle tandis qu'elle s'approchait de la table, s'emparait du smartphone de Gianni et, d'un geste plein de panache, le jetait par-dessus bord.

Il comprit trop tard et la rejoignit devant le bastingage pour se pencher au-dessus de la mer, incrédule.

Et alors qu'il ne parvenait pas à croire à ce qu'elle venait de faire, elle l'avait déjà planté là, indifférente à son sort.

Une bile noire fusait dans les artères d'Issy lorsqu'elle passa tel un boulet de canon sur le pont supérieur afin d'aborder le premier membre d'équipage qu'elle trouva.

— Excusez-moi de vous demander cela, Leanne, mais puis-je emprunter votre portable, s'il vous plaît ? Je ne retrouve pas le mien.

L'aide-navigatrice, qui était encore plus jeune qu'elle, se mit à rougir et fixa la pointe de ses mocassins.

Étonnée par sa réaction, Issy s'inquiéta :

— Tout va bien ? Je vous paierai la communication, bien sûr.

Leanne secoua la tête.

— Désolée, je ne peux pas. C'est un luxe hors de ma portée.

— Quoi donc ? Vous payer un téléphone ? Je ne comprends pas.

La jeune fille se dandinait d'un pied sur l'autre, révélant un malaise croissant.

— Non, je veux dire... Nous avons pour ordre de ne surtout pas vous prêter un téléphone si vous en demandez un.

— Pour ordre ? répéta Issy, médusée. Qui vous a donné cet ordre ?

Tout en posant la question, elle vit s'imprimer dans son esprit la seule réponse possible.

— M. Rossi, murmura Leanne.

Dominant la fureur qui redoublait en elle, elle objecta :

— Écoutez, Leanne, les ordres de M. Rossi ne valent rien. Ils sont nuls et non avenus. Le patron à bord, c'est moi. Je vous promets que si vous me permettez d'emprunter votre téléphone quelques minutes, je vous le revaudrai. S'il vous plaît.

La jeune fille secoua tristement la tête.

— Non... Le patron à bord, c'est lui.

— Qui vous a dit cela ?

Les mains moites, elle commençait à redouter la suite. La chute. Accompagnant le coup de massue qui s'abattait sur sa tête, elle entendit Leanne avouer :

— C'est mon patron parce que nous sommes son équipage. Et que nous nous trouvons sur son yacht.

Le téléphone intérieur sonna dans la cabine d'Issy. Depuis son lit elle le regarda d'un œil torve. Elle venait de passer une heure enfermée ici, à tenter vainement de convaincre cet imbécile d'appareil de la laisser passer un appel à l'extérieur.

Et maintenant qu'on l'appelait, la terreur montait en elle. La terreur de ce qui était arrivé à sa sœur, livrée à Alessandro Rossi, pendant que Gianni l'humiliait sur son yacht.

À contrecœur, elle se leva pour décrocher et colla le combiné à son oreille, le cœur battant.

— Oui ?

— Mademoiselle Seymore ?

Reconnaissant la voix du capitaine, Issy ferma les yeux. Elle avait envie de lui hurler qu'il se comportait comme le caniche du pire des maîtres, mais elle s'en abstint. Après tout, il ne l'avait pas trahie : elle n'avait jamais été sa patronne.

— Oui, capitaine Caville. Que puis-je faire pour vous ?

— Je voulais juste vous informer que nous arrivons à destination dans vingt minutes.

Elle s'efforça de conserver un ton neutre pour s'enquérir :

— C'est-à-dire ?

— Moustique.

— Moustique ? répéta-t-elle. C'est une île ?

— Oui.

— Ah, je... Je n'en ai jamais entendu parler, mais merci de m'avertir, balbutia-t-elle.

Une note embarrassée dans la voix, le capitaine répondit :

— Je vous en prie. Et toutes mes excuses pour le, euh... Le malentendu au sujet des papiers de mariage.

Issy serra furieusement le combiné. Pas d'excuses, en revanche, pour lui avoir laissé croire qu'elle était maîtresse à bord du *Palazzo delle Feste* durant quinze jours – alors que Gianni tirait les ficelles depuis le début.

Elle s'était montrée tellement naïve ! Pourquoi n'avait-elle pas contraint David à lui livrer le nom du propriétaire ?

Le désespoir la gagna. Amélia et elle avaient une fenêtre de tir très étroite pour mettre leur vengeance à exécution.

Or, en cas d'échec, il était peu probable qu'une autre occasion se présente.

Elle avait tout gâché.

Après avoir raccroché, elle se roula en position fœtale sur son lit. Elle n'avait pas le droit de pleurer. Pas encore. Les larmes attendraient qu'elle ait trouvé le moyen d'échapper à Gianni. Au moins, lorsqu'elle serait hors de ses griffes, elle pourrait appeler Amélia. Oh ! pas pour l'avertir : de toute évidence, c'était trop tard. Non, elle voulait juste s'assurer que sa sœur allait bien, à la merci de l'autre cousin – probablement aussi pervers que Gianni Rossi.

Vingt minutes plus tard, après une douche fraîche, Issy parvenait au bout de la jetée.

Le port était minuscule mais les quelques bateaux amarrés étaient tous des yachts de grand luxe. Comme Gianni la rejoignait, elle lui tourna le dos pour faire mine d'admirer les contours de l'île et sa végétation luxuriante, d'un vert intense qui contrastait avec les eaux turquoise de son lagon.

Ce fut sa première erreur, car elle ne s'aperçut pas qu'un officier portait *sa* valise ! Et tandis que l'homme allait la ranger dans le coffre d'un énorme SUV noir, elle commit la seconde – tenter trop tard d'empêcher Gianni de la soulever dans ses bras et de la porter jusqu'à la banquette arrière du véhicule.

— Qu'est-ce que tu fais ? hurla-t-elle, folle de rage, au moment où il s'installait à côté d'elle en claquant la portière.

La panique s'infiltra en elle.

— Laisse-moi descendre immédiatement ! tonna-t-elle.

La voiture s'était mise en route. Issy cogna de toutes ses forces contre la vitre de séparation avec le chauffeur. Le verre fumé l'empêchait de voir autre chose que la forme de sa nuque.

— Au secours ! protesta-t-elle en tapant de plus belle.

— Tu perds ton temps, lâcha Gianni d'un ton indifférent. Il ne s'arrêtera pas.

Issy frotta ses poings échauffés. Elle songea à recommencer jusqu'à ce que le chauffeur l'entende, mais elle savait déjà que ce serait peine perdue. Le plexiglas était trop épais – indestructible.

Précédant sa question, Gianni enchaîna :

— Je t'emmène dans mon complexe. Le trajet ne va durer que quelques minutes.

— Je ne vais nulle part avec toi, asséna-t-elle sèchement. Si tu n'arrêtes pas cette voiture sur-le-champ, je porte plainte pour kidnapping.

— Si tu veux, répondit-il tranquillement. Il faudra cependant que tu attendes que nous ayons quitté Moustique. Car tu vas séjourner avec moi à Lowelll le temps que j'obtienne confirmation par mon cousin que le sabotage organisé par ta sœur et toi est annihilé.

— Mais tu n'as pas le droit de faire ça ! s'offusqua-t-elle. C'est de la séquestration !

— Je peux le faire, et la preuve : je le fais. Sache que durant tout le temps de ta présence ici, il ne te sera fait aucun mal.

— Comme si ta parole allait me rassurer ! s'énerva-t-elle. Et tu ne peux pas me garder ici contre ma volonté. Il y a des lois, tu sais !

Gianni sourit et leva les yeux au ciel avant de répliquer :

— *Bella*, je peux faire tout ce que je veux ici parce que Moustique est une île privée dont je suis copropriétaire. À notre arrivée, si ça t'amuse, tu pourras courir, hurler, faire tout le tour de la côte, mais personne ne te laissera partir sans mon autorisation.

Après avoir déjoué le plan odieux de cette saboteuse et de sa sœur, Gianni n'aurait pas dû éprouver quoi que ce soit en voyant défiler toutes les nuances du désarroi et de la colère sur le visage d'Isabelle Seymore.

Pourtant, la petite forme prostrée à côté de lui sur la banquette plantait une lame dans son torse.

Sans doute n'aurait-il pas dû passer une bonne partie de la journée à se plonger dans les données personnelles de sa prisonnière.

Une poignée de contacts. Quelques photos. Quasiment aucun signe visible d'une vie normale – une vie sociale, avec des sorties entre amis, des rendez-vous, des fêtes – chez une jeune femme de vingt-trois ans.

En espérant comprendre ce qu'elles avaient tenté de faire pour retourner le Projet Aurora, il s'était plongé dans la correspondance des deux sœurs. Hélas, elles avaient été assez prudentes pour ne pas entrer dans les détails. Gianni avait cherché la réponse à ses questions dans les autres dossiers, mesurant alors la pauvreté de ces data.

Toutes, absolument toutes les femmes que Gianni avait fréquentées documentaient chaque aspect de leur vie en selfies. Il y était tellement habitué qu'il ne s'agaçait plus de se retourner vers sa compagne, au restaurant ou dans la rue, et de la surprendre en train de poser pour l'écran de son smartphone. Elles alimentaient à flux tendu plusieurs profils de réseaux sociaux de ces clichés et de ces vidéos. À raison d'une douzaine par jour, à combien s'élevait la quantité annuelle ?

Le téléphone d'Issy contenait trente-trois photos. Le cliché de fond d'écran, avec la crème glacée, était le plus ancien et la plupart des autres la représentaient encore avec sa sœur. Amélia aussi avait l'air très différente de la collaboratrice qu'il croyait si bien connaître et qu'il côtoyait tous les jours jusqu'à la semaine passée.

Les premiers signes attestant d'une perte de poids chez Issy remontaient à l'époque où, précisément, Amélia était entrée chez eux. Un large sourire aux lèvres, Issy apparaissait alors sur une photo, entourée d'enfants. Ses cheveux châtains avaient une teinte profonde et lumineuse, comme les marrons brillants de l'automne. Gianni en déduisit qu'elle les avait décolorés peu avant leur « rencontre fortuite » au club, à Londres.

La chevelure de la jeune femme parvint tant et si bien à le captiver qu'il mit un certain temps à enregistrer des informations notables. Par exemple, qu'il avait fallu quatre mois à Issy pour atteindre le poids qu'elle maintenait encore aujourd'hui et que ce cliché avait été pris dans un hôpital. Un hôpital pour enfants, peut-être : la moitié de ceux qui entouraient la jeune femme n'avaient pas de cheveux, et plusieurs étaient munis d'un cathéter.

— Copropriétaire ? murmura-t-elle d'un ton horrifié. Comment ça ?

S'extirpant de sa rêverie, Gianni expliqua :

— Ne te fais pas de reproches. Tu n'as pas échoué dans ton travail de documentation car la liste des propriétaires de parcelles sur Moustique est protégée, inaccessible. J'ai acquis la mienne il y a deux ans, ravi de signer la clause de confidentialité qui allait avec. Quant à ma propriété, au cas où tu songerais à te venger en alertant la presse people, sache qu'elle est munie d'un formidable écran anti-paparazzis.

— Depuis quand refuses-tu de poser pour les tabloïds ? rétorqua-t-elle avec mépris.

— Il y a longtemps que ce petit jeu ne m'amuse plus. J'ai peut-être vieilli : j'ai trente ans.

— Si tu ne leur avais pas couru après, persifla-t-elle, ils ne t'accorderaient probablement pas tant d'espace dans leurs colonnes !

— Je ne leur ai *jamais* couru après, se défendit-il. Je me montre courtois parce que l'agressivité est contre-productive ! Une règle de base que tu n'as visiblement jamais apprise.

Issy le toisa d'un œil goguenard en lâchant un ricanement qui décupla sa colère.

— Et tes petites amies ? Tu ne t'en sers pas comme des trophées, peut-être ? Tu ne prends pas un malin plaisir à les exhiber aux photographes, partout où tu vas ?

Imparable, l'attaque lui laissa un goût amer. Plutôt que d'esquiver, il joua la carte de l'insolence.

— Je n'ai pas de petites amies. Les petites amies impliquent une période longue. Moi, je préfère avoir des maîtresses.

— Et comme tout le monde le sait, répliqua-t-elle d'un ton cinglant, ne t'inquiète pas, aucune de tes maîtresses n'aura jamais envie de devenir ta petite amie.

— J'espère bien que non ! renchérit-il en croisant rageusement les bras. Cette île est mon sanctuaire. J'y viens pour me ressourcer. Le tourisme y est sévèrement limité et sur ma parcelle, au sud, personne ne peut débarquer sans mon autorisation. Le premier journaliste qui enverrait un drone photographique le récupérerait en mille morceaux.

Issy le fusilla du regard.

— Et la première femme en détresse qui demanderait de l'aide n'en obtiendra jamais...

Il sourit, enchanté de la voir enfin se résoudre à l'inévitable.

— Exactement, triompha-t-il. Et pour ton information, dans l'hypothèse où tu voudrais tenter de gagner la prochaine île à la nage, j'espère que tu sais tenir quarante kilomètres.

Cette fois, durant une fraction de seconde, le désespoir revint sur le visage de la jeune femme, vite chassé par la révolte.

— Tu n'as pas le droit de faire ça, Gianni ! s'insurgea-t-elle encore.

— Combien de fois devrai-je te répéter que si ?

Non sans l'avoir gratifié d'un regard apte à congeler un mort, elle prit une longue inspiration avant de revenir à la charge.

— Où est ma sœur ?

— En Italie. Avec Alessandro.

— Quoi ? Volontairement ?

— Ah, ça, je n'en sais fichtre rien, répondit-il, indifférent au problème.

— Non, elle n'est pas là-bas de son plein gré, insista Issy. Elle ne suivrait jamais ce monstre où que ce soit, hors de vos bureaux !

Scandalisé, il glapit :

— Je t'interdis de parler ainsi de mon cousin !

— Sinon quoi ? le défia-t-elle. Tu vas me frapper ?

Sidéré par cette réplique, il ouvrit plusieurs fois la bouche avant de protester :

— Jamais !

— Alors je m'exprime en toute liberté, lâcha-t-elle d'un ton furieux. Ton cousin est un monstre, et toi aussi ! J'exige que tu me donnes une preuve que ma sœur va bien.

Ulcéré, il rappela :

— Je pourrais t'en donner une si tu n'avais pas jeté mon téléphone à la mer !

— Rends-moi le mien, que je puisse l'appeler !

— Non.

— S'il te plaît, Gianni. Je t'en prie. Tu peux m'enfermer dans une cave avec des araignées si ça t'amuse, mais laisse-moi passer un coup de fil à ma sœur.

Son émoi, sa détresse si visibles sur son visage, et une larme qui perlait au coin de son œil droit lui fendirent l'âme. Mais lorsqu'elle se mit à le frapper de ses petits poings et à chercher son smartphone dans la poche de sa veste, il la saisit le plus délicatement possible par les poignets et murmura :

— Issy, je te promets que ta sœur va bien. Elle est avec Alessandro qui n'a rien, strictement rien d'un monstre. Jamais il ne toucherait à l'un de ses cheveux.

— Et tu voudrais que je te croie sur parole ? demanda-t-elle d'un air écœuré.

Gianni haussa les sourcils.

— Je ne veux rien du tout. Je ne peux rien t'offrir d'autre que ma parole, en effet. Ma parole d'honneur qu'Amélia va bien et que personne ne lui a fait de mal. Qu'elle ne risque rien en compagnie de mon cousin. Et j'aimerais que tu puisses me faire confiance ne serait-ce que sur ce point.

Il ne comprit pas pour quelle raison il lisait un tel conflit dans ses yeux. Comme si elle tentait de le croire et qu'un démon intérieur l'en empêchait. Enfin, après un long silence, elle s'essuya les yeux.

— Bon, dit-elle. D'accord.

9

Elle devait avoir complètement perdu la tête. Le regard fixé sur les paysages derrière la fenêtre, Issy ne pouvait que parvenir à cette conclusion.

Lui faire confiance ? À lui, Satan en personne ? En fait, elle n'avait pas le choix. C'était ça ou penser à chaque seconde que sa sœur se trouvait déjà en prison, quelque part en Italie – ou pire encore, à la merci de son ex-patron déterminé à se venger d'elle.

Les Rossi étaient des monstres. Et depuis qu'elle avait fait la connaissance de Gianni, il n'avait cessé de la tromper et de lui mentir. « Mais toi aussi », rappela la voix de sa conscience, quelque part dans son cerveau.

Oui, bon. Peut-être. Mais c'était différent. Gianni était le salaud qui avait pris l'entreprise de son père et ruiné sa vie, puis celle de toute leur famille. Il méritait la modeste, la très insuffisante vengeance qu'Amélia et elle avaient manigancée.

« En es-tu bien sûre ? » Oh ! Non ! Pas encore cette vieille tergiversation. Issy n'avait jamais été convaincue par le bien-fondé d'une vendetta personnelle et, avant d'exécuter sa partie du plan en attirant Gianni, elle avait insisté pour qu'Amélia trouve la preuve que les deux frères étaient corrompus. Impossible, pour elle, de se lancer dans cette aventure si elle n'était pas certaine d'agir dans l'intérêt d'autres victimes potentielles. Alors, non : il ne s'agissait pas de la contre-attaque de deux adolescentes aveuglées par le chagrin au point de faire l'impasse sur les fautes probablement commises par leur père.

C'était son travail à l'hôpital qui avait semé tous ces doutes dans son esprit, songea-t-elle. Elle s'en voulait d'avoir remis en question la probité de Thomas Seymore et n'aurait jamais pu avouer cette faiblesse à son aînée.

Car passer du temps auprès des enfants malades impliquait de côtoyer les parents. Des parents qui devaient chaque jour voir leur fils ou leur fille osciller entre la vie et la mort. Ces adultes étaient humains, faillibles, et pourtant, leurs enfants tenaient chaque parole sortant de leur bouche pour argent comptant. Ils croyaient tout ce que disaient maman et papa. Les « tu vas voir, ça va aller mieux » et les « bientôt, ce ne sera plus qu'un mauvais souvenir », même quand les parents mentaient. Ces mensonges, Issy ne les condamnait pas : elle voyait bien qu'ils étaient indispensables et que, sans eux, ni les parents, ni les enfants n'auraient pu tenir le coup. Ainsi, loin de tout jugement, elle avait compris qu'un enfant ne pouvait voir en ses parents que des héros.

— On est arrivés.

Elle tourna la tête vers le portail électrique. La petite route sur sol battu qu'ils venaient d'emprunter se poursuivait derrière l'enceinte de la propriété. Sa curiosité naturelle prit le dessus et, bientôt, un paysage à couper le souffle se dessina sous ses yeux.

Autour d'un merveilleux lagon d'eau turquoise, derrière une longue plage de sable blanc et des jardins tropicaux se nichaient sur une colline luxuriante une demi-douzaine de villas en bois. Chaque fronton était différent, la menuiserie moulurée et travaillée par de véritables artistes de l'architecture, le porche plus ou moins vaste. Ils se devinaient plus qu'ils ne s'admiraient tant les palmiers leur offrait de discrétion mais au centre, la maison la plus opulente était peinte du même rose que certains monastères tibétains.

Jamais Issy n'avait rien vu de plus beau.

Avec un déclic, les portières se déverrouillèrent. Gianni sortit de son côté, elle du sien.

Le chauffeur alla garer le véhicule dans un petit garage au toit végétalisé, invisible quand sa porte était fermée.

— Viens, je vais te faire visiter, proposa-t-il.

De près, ce que Gianni appelait un « complexe » était encore plus charmant que de loin, constata-t-elle.

— C'est la première fois que je viens depuis que les travaux sont achevés, expliqua-t-il.

En s'approchant des villas, Issy s'aperçut que chacune possédait son jardin.

— À l'origine, j'avais l'intention de passer une semaine sur le *Palazzo delle Feste*, et la suivante ici.

— Quelles dépenses étourdissantes pour quinze jours de vacances annuels, fit-elle valoir, au moment où il l'invitait à contourner une superbe piscine qui avait l'air d'avoir toujours été là, dans la nature.

La densité de la palmeraie offrait partout un ombrage bienvenu, transformant les lieux en authentique paradis.

— Ce n'est pas pour quinze jours annuels. Je prépare mon avenir.

Issy haussa les sourcils.

— Ah ?

Ils parvinrent devant la deuxième villa quand il poursuivit :

— Je travaille au rythme de quatre-vingts heures par semaine. J'ai commencé alors que je n'étais qu'un enfant. À un moment donné, il faudra que je freine.

— Oh ! mon cœur saigne pour toi, railla-t-elle. Enfin, c'est ton argent, tu le dépenses comme tu veux…

Il lui retourna un regard moqueur.

— C'est très aimable de ta part, merci.

— Je sais, reprit-elle avec sérieux. Car je me demande comment tu parviens à te regarder dans la glace le matin, préparant ta retraite à coups de millions, sachant tout ce que tu as volé à mon père !

— Nous n'avons rien volé à ton père se défendit-il avec force.

— Bien sûr que si !

Elle aurait préféré lui faire face pour lancer cette accusation et lui révéler ce qu'il ignorait, ne serait-ce que pour sonder son regard, pour voir jusqu'où irait son hypocrisie, sa malhonnêteté. Mais elle aurait été la proie d'une émotion si vive qu'elle aurait risqué de fondre en larmes – or, il ne méritait pas qu'elle lui offre cette satisfaction.

Aussi, elle resta devant lui, sur l'étroit chemin garni de longues marches en pierre qui sinuait d'une villa à une autre. Sa voix tremblait lorsqu'elle se décida à lui raconter ce qui, depuis dix ans, était resté dans leur angle mort, à lui et à son maudit cousin.

— J'étais là, Gianni. Vous êtes entrés chez nous, dans notre maison, et vous nous avez tout pris. Vous avez volé tout ce qu'il y avait à voler dans l'entreprise de mon père, avant de la détruire. Vous l'avez humilié devant sa famille, terrorisé, menacé. Vous ne vous êtes pas contentés de vous servir dans ses recettes professionnelles : vous lui avez *tout* arraché ! Ses maisons. Sa vie !

N'y tenant plus, elle fit volte-face pour scruter le visage de son ennemi.

Il lui retourna un regard noir.

— C'est *ton père* qui nous a volés ! Il nous a vendu des terrains non constructibles comme base d'un projet immobilier ! Et pour y parvenir, il a copieusement arrosé de pots-de-vin les fonctionnaires chargés des assignations cadastrales. C'était notre première affaire. Alessandro et moi, nous avions travaillé comme des fous depuis l'âge de douze ans pour économiser de quoi verser l'apport initial et convaincre une banque de nous prêter le reste ! Grâce à ton père, nous avons dû payer des traites pour une terre qui ne valait rien. Il nous a fallu des années pour rembourser la banque et retrouver de quoi investir dans une affaire.

Il avança d'un pas vers elle et enchaîna d'une voix qui lui glaça le sang :

— Le jour où nous avons démoli la société véreuse de ton père et récupéré notre dû reste *le plus beau de toute ma vie*. Il méritait amplement le sort qui l'attendait, non seulement à cause de l'escroquerie dont nous étions victimes, mais de toutes celles dont il s'est rendu coupable avant et après nous !

D'un geste brutal, il ouvrit la porte de la villa et ajouta :

— Celle-ci est réservée à ton usage personnel. Bon séjour, fais comme chez toi.

Sur ces mots, il la planta au milieu du sentier et partit en direction de la grande villa, nimbé d'une atmosphère électrique.

Giani était trop énervé pour apprécier la qualité des travaux réalisés dans le complexe où il entendait passer la moitié de l'année.

Au cours de sa tournée d'inspection, il dut se retenir pour ne pas aboyer sur la gouvernante qui avait consacré tant d'heures et tant de soins à la préparation du linge, l'orientation des meubles et de la cuisine – et qui devait se demander s'il n'avait pas besoin d'un psychiatre.

Il lui avoua qu'il avait traversé une période difficile et la pria de l'excuser, avant de se retrancher dans sa chambre. Là, assis sur son lit, il se massa les tempes.

Issy le prenait pour un monstre... Il aurait dû y accorder la même importance qu'à sa première chemise. Elle le haïssait ; et alors ? Le plus choquant, le plus intolérable, c'était de sentir une acidité dans son estomac à l'idée que leur revanche sur

Thomas Seymore ait si cruellement affecté sa fille cadette. Parce que c'était sa faute à lui : à Thomas Seymore. Il aurait dû y penser, avant de multiplier les escroqueries. Protéger ses enfants relevait de son unique responsabilité.

Gianni lâcha un rire amer et retomba dos au matelas. S'allongeant plus confortablement, il fixa le plafond. Oui, les pères étaient censés protéger leurs enfants. Les mères aussi, d'ailleurs. La seule personne contre qui Gianni et sa mère auraient dû être protégés, c'était son père. Jusqu'au jour où sa mère avait fui, le laissant derrière elle, à prendre les coups tout seul. Et elle n'était jamais revenue.

Issy refusait de quitter la villa. Elle avait demandé au personnel de lui fournir de quoi cuisiner elle-même, après quoi elle s'était claquemurée.

Depuis que la gouvernante lui avait transmis la nouvelle, Gianni était soulagé. Tant mieux : bon débarras. S'il pouvait éviter de voir Isabelle Seymore jusqu'au moment où il la mettrait dans un avion, il ne s'en plaignait pas ! Depuis qu'il la connaissait, elle occupait beaucoup trop d'espace dans sa vie. La diablesse avait réussi à s'infiltrer sous sa peau tel un virus. Non seulement elle ne lui apportait que des ennuis, avec la complicité de sa sœur aînée, mais elle réveillait des souvenirs douloureux et le contraignait à ouvrir des placards remplis de cadavres.

Ce matin, après une bonne nuit de sommeil, il était prêt à savourer tous les plaisirs de Moustique et à faire la fête. Sa voisine enfermée dans la villa bleue ne l'empêcherait pas de s'amuser !

Il sortit et ferma les yeux en emplissant ses poumons de l'air pur et parfumé : la brise soufflée par la mer et les parfums capiteux de la végétation contribuaient à offrir à son complexe une atmosphère d'oasis – de retour au paradis perdu.

« Complexe » : quel grand mot ! Le nombre de visiteurs était strictement régulé, et Gianni veillait lui-même jalousement à la préservation de l'écosystème local.

Filtration et recyclage des eaux usées, circuit électrique alimenté par capteurs solaires de dernière génération, station d'épuration... Rien n'avait été négligé pour que les six villas répondent aux besoins de citoyens contemporains : exigeants, mais responsables.

En finalisant l'achat de cette partie de l'île, il avait su ce qu'il voulait : un développement minimaliste au service de la faune et de la flore tropicales, afin de laisser aux quelques chanceux qui séjourneraient chez lui l'image d'une nature préservée.

Un jour, il parviendrait à convaincre son cousin de venir jusqu'ici. La villa blanche était d'ailleurs prévue pour lui, mais Alessandro ne s'arrêtait jamais. Une vraie machine.

Encore aujourd'hui, Gianni s'étonnait que deux cousins si proches par l'âge et par l'ADN, élevés comme des frères et unis depuis toujours, soient si éloignés par le tempérament. En tout cas, cela n'entamait guère leur entente. Gianni aurait risqué sa vie pour sauver Alessandro en cas de danger, et vice versa.

Apparemment, Issy et sa sœur vivaient la même chose, songea-t-il. Certes, il ne connaissait pas très bien Amélia, mais il en savait assez sur sa personnalité pour affirmer qu'elle était très dissemblable d'Issy. Plus analytique ; plus introvertie.

Car il n'était pas dupe du numéro d'Issy. Même si elle avait joué un rôle, son personnage de blonde ultra-svelte et aguicheuse révélait de nombreux aspects de sa face A, celle de la petite brune pulpeuse et insolente. Grâce aux textos et aux photos de son smartphone, il était sûr d'avoir affaire à quelqu'un de drôle, à l'esprit vif – mais aussi joueuse, généreuse, sensible.

Sur le chemin, il s'immobilisa tout net.

Assez. Stop ! Il fallait en finir avec cette fascination ridicule.

Elle avait consacré des mois, et même des années à tout faire pour les détruire, lui et son cousin. Une personne aussi déterminée, aussi machiavélique devait être considérée pour ses actes, et seulement pour ses actes.

Elle était donc son ennemie. Point final. Les gens vraiment *sensibles*, les gens vraiment *généreux* ne se comportaient pas ainsi ! Sa fonction de puéricultrice auprès d'enfants malades ne suffisait pas à faire d'elle un ange.

Il desserra les poings, prit une longue inspiration et poursuivit son chemin vers le village de Lowell.

Sur la plage, quelques VIP et starlettes venues pour le week-end préparaient une fête, et il avait la ferme intention de se joindre à elles.

Par comparaison avec le reste de la villa, la cuisine d'Issy était petite. Mais si elle songeait à celle de leur petit appartement à Londres, où Amélia et elle se marchaient sur les pieds, la pièce était immense.

En fait, dans le complexe, la modestie de l'espace dédié aux talents culinaires se justifiait : les gens qui venaient ici ne tenaient guère à préparer eux-mêmes leurs repas. D'ailleurs, en annonçant qu'elle souhaitait obtenir ses propres vivres afin d'être autosuffisante, elle avait été confrontée à des regards perplexes voire stupéfaits. Néanmoins, la gouvernante et le responsable du potager s'étaient empressés de la satisfaire.

Issy adorait cuisiner. Certaines odeurs, comme celle du pain ou d'un gâteau tout juste cuit, ne manquaient jamais de la transporter au temps béni où sa famille était unie, heureuse, insouciante.

Aujourd'hui elle s'était d'ores et déjà préparé un cake au citron glacé de sucre et des lasagnes aux saucisses et au parmesan. Des plats réconfortants. Hélas, elle n'avait pas été capable d'avaler plus de trois bouchées de chaque.

La veille, elle avait déjà usé de cette tactique, mais ses profiteroles n'avaient pas remporté plus de succès.

Le nœud dans son estomac refusait de se défaire, le poids sur sa poitrine de s'envoler.

Tout avait un goût de cendre, depuis que Gianni lui avait volé ses plus précieux souvenirs. Les accusations terribles portées par cet homme sur son pauvre père salissaient les joies innocentes de son enfance. Pire : Issy commençait à croire que ni sa mère, ni Amélia ni elle ne connaîtrait plus jamais le bonheur… puisque celui d'autrefois était bâti sur des mensonges.

10

En quelques mots, Gianni avait réussi à faire tomber ses certitudes à l'instar d'un château de cartes.

Certes, le doute s'insinuait en elle. Mais comment croire que son papa chéri avait été un homme corrompu ? Jusqu'au jour où les deux cousins avaient surgi dans leur propriété et saccagé toute leur vie, Thomas Seymore avait été un homme bon, attentif, très soucieux du bien-être de sa famille.

Un tricheur, un voleur, un personnage aussi véreux que celui que Gianni décrivait aurait-il quitté une réunion de travail avant la fin pour venir applaudir sa fille qui interprétait le rôle d'un *corn-flake* au spectacle de l'école ? Aurait-il chaque soir, religieusement, lu des histoires à ses filles pour leur transmettre la passion des livres, pour qu'elles découvrent la puissance et la magie de l'imagination ?

Et leur mère... Comment supposer qu'une femme autrefois si joyeuse, si vive, si tendre, aurait sciemment épousé un malhonnête ? Non, cela n'avait aucun sens.

Donc, Gianni mentait. Probablement parce qu'il n'avait pas le courage de regarder en face le jeune homme qu'il était ce jour-là – un être cruel et cynique, sans foi ni loi. Sans parler des malversations que son cousin et lui avaient commises au fil de leur carrière. Comment osait-il inverser la situation et jeter l'opprobre sur son pauvre père ?

Elle sursauta, comme on frappait à la porte de la villa.

Il n'y avait pas de sonnette. L'alimentation électrique était réservée au strict nécessaire, ce qui avait autant séduit Issy que l'aménagement général de la maison : un salon et une chambre confortables mais simples, avec leur mobilier en rotin local et leurs coussins multicolores. Pas de climatisation, mais une circulation de l'air très efficace grâce à une ventilation mécanique. La douche de la salle de bains était alimentée par le réservoir du jardin, et sa température naturellement tiédie par la terre.

En fait, elle n'était pas mécontente de se ressourcer quelques jours dans ce lieu si préservé, à l'autre bout du monde. Une petite retraite d'ermite ne l'effrayait pas. Aussi approcha-t-elle de la porte avec méfiance.

— Qui est-ce ?

— Moi.

Sa voix mâle et veloutée la fit tressaillir, et elle maudit la chaleur qui l'envahissait. Le cœur battant, elle posa la main sur le verrou, prête à le tirer si besoin. Mais pas encore.

— Qu'est-ce que tu veux ? aboya-t-elle. Tu viens me libérer ?

— Ne dis pas de bêtises, *bella*. Tu es libre. Tu peux te promener où tu veux dans le complexe.

— Et si je veux en sortir ? rétorqua-t-elle.

Un bref silence pesa avant qu'il ne réponde sèchement :

— Non.

— Dans ce cas, fiche le camp ! cria-t-elle en frappant un coup sur la porte pour mieux lui signifier sa colère.

Gianni plaida :

— Tu seras libre de rentrer chez toi dès que j'aurai eu des nouvelles d'Alessandro. Et que tu accepteras une discussion avec moi.

— Nous n'avons plus rien à nous dire, opposa-t-elle.

— Si. Nous avons un mariage à dissoudre, rappela-t-il.

— Eh bien, annule-le le plus vite possible et laisse-moi en paix ! conclut-elle avant de lui tourner le dos et de courir dans le couloir vers la cuisine, pour foncer dans le magnifique jardin.

Là, elle se laissa tomber sur une chaise longue de la terrasse et prit sa tête dans ses mains. Brûlantes, les larmes coulaient toutes seules sur ses joues.

À sa nouvelle tentative, le lendemain, Gianni resta interdit devant la porte de la villa bleue, toujours verrouillée.

Il commençait à regretter d'avoir conçu chaque maison pour qu'elle soit indépendante des autres et que les occupants bénéficient d'une intimité parfaite.

Peu désireux de revivre la même scène que la veille, il se prépara mentalement à se faire envoyer sur les roses en conservant son sourire – opération qui exigerait de sa part toute la patience et le sang-froid qu'Issy savait si bien atomiser chez lui.

Comme il attendait, après avoir frappé, il frémit. La voix qui lui répondit était encore plus méfiante qu'hier.

— Oui ?

— C'est encore moi.

Elle ne répondit pas.

— Tu ne pourras pas m'éviter indéfiniment, dit-il.

Pas de réponse.

— Message reçu, soupira-t-il. Tu refuses de me laisser entrer : d'accord. Et je ne peux pas non plus t'obliger à me parler. Mais je vais m'asseoir sur ton porche, et j'espère que tu accepteras de m'écouter.

Les volets des fenêtres étaient fermés, mais les persiennes permettaient à Issy de le voir, si elle le souhaitait.

Installé sur la dernière marche, face au lagon, Gianni entama son récit.

— Mon père est un monstre. Un vrai monstre. Et son frère, le père d'Alessandro, est exactement comme lui. Je ne sais pas ce qui les a rendus ainsi. Peut-être que leur père, que je n'ai jamais connu, était pareil, mais leur mère en revanche, ma *nonna*, était une grande dame. Tant qu'elle a vécu avec nous, sa présence tempérait leurs pires élans. J'avais huit ans quand elle est morte.

Il déglutit lentement afin de faire fuir le goût acide au fond de sa bouche.

— Avant qu'elle ne quitte ce monde, poursuivit-il, j'avais déjà pris l'habitude d'être battu. C'était normal. Alessandro avait droit au même traitement. Mais dès qu'elle a disparu... Les bêtes sont redevenues sauvages. Tu sais que nous vivions en Ombrie, je suppose ?

La jeune femme ne répondit pas, mais Gianni crut percevoir un frottement derrière la porte.

Elle était là. Elle l'écoutait.

— Bon, je pars du principe que tu le sais, reprit-il. Tu as forcément lu quelque part aussi que nos pères possédaient un vignoble qu'ils exploitaient eux-mêmes, car la presse aime beaucoup citer cet aspect de nos biographies. La réputation justifiée que nous avons faite à nos géniteurs a pu t'induire, elle aussi, à croire ton propre père innocent. Si j'avais été à ta place, j'admets que j'aurais suivi le même raisonnement. Et si tu étais venue me dire un jour que mon père était en fait quelqu'un de bien, je t'aurais ri au nez.

Issy voulait se détacher de la porte, mais ses pieds refusaient de lui obéir. Debout, plaquée contre le bois massif, elle était, malgré elle, suspendue aux lèvres de Gianni, alors que ses paroles lui faisaient si mal.

Au début, elle avait tenté de se boucher les oreilles, mais elle n'avait pas su résister à la tentation.

Vaincue, elle s'assit et s'adossa à la porte. Puis elle replia ses genoux et les entoura de ses bras.

— C'était un petit vignoble mais leur vin était excellent. Le Sangiovese était très apprécié des grands restaurants de la région. Depuis que nous sommes partis, Alessandro, et moi, ils n'ont jamais repris de saisonniers et leur vigne est mal entretenue. Au fil des ans, la terre a perdu son équilibre en acidité et aujourd'hui, il n'en sort que du vinaigre.

La gorge nouée, Issy percevait un ressentiment inépuisable dans sa voix. Une douleur qui ne s'éteindrait jamais. Il marqua un long silence avant de continuer :

— Dès la mort de leur mère, ils ont voulu augmenter leur marge en rognant de tous côtés. Ils se sont privés de plusieurs employés qui connaissaient leur métier mieux qu'eux. Alessandro et moi, nous sommes devenus leurs petits esclaves.

Issy frémit.

— Je me revois l'automne en train d'écraser les raisins jusqu'à minuit. Le lendemain matin, à l'école, les chevilles en feu, je m'endormais sur mon pupitre. Dès le début du printemps, nous n'avions plus le droit de nous rendre en classe : c'était travail dans les vignes dix-huit heures par jour. Si nous versions une larme, si nous osions nous plaindre, nous étions fouettés à coups de ceinture. La mort de Nonna nous a ôté le droit de protester et les a rendus totalement insensibles à nos souffrances. Nous n'étions que des objets, des instruments de travail.

Issy s'était mise à trembler d'effroi. Elle ne parvenait pas à imaginer comment un père pouvait se métamorphoser en une telle brute, et elle refusait d'imaginer le visage sanglotant d'un petit garçon de huit ans soumis à cet enfer.

— Ma mère est partie un an après la mort de ma grand-mère, poursuivit-il.

Pour la première fois depuis le début de son récit, elle perçut une note de mélancolie dans sa voix.

— Je ne l'ai jamais revue. Elle vit à Milan, et je lui verse une pension mensuelle ; pourtant, nous sommes devenus des étrangers. Elle m'a abandonné à ce monstre et il m'a fallu des mois pour comprendre que non, elle ne reviendrait pas me chercher.

Issy se mordit la lèvre pour retenir sa douleur.

— Ma propre mère m'a laissé entre les mains de ce père dont elle mesurait la nocivité mieux que personne, renchérit-il. J'avais douze ans quand Andro et moi avons conclu un pacte : nous allions fuir et, en attendant notre majorité, mettre de côté chaque centime échappant à la vigilance de nos pères. Adolescents, nous avons même travaillé en dehors de la vigne, et en secret, pour augmenter nos économies. Mon père ne l'a jamais su, mais j'ai quitté l'école à seize ans pour un plein-temps dans une pizzeria. Et le jour où nous avons réussi à fuir, la première chose que nous avons faite a été de changer de nom.

Les tabloïds étaient friands de ce genre de détails – parce que ce n'en était pas un. Renier le patronyme de son père : quel acte fort, symboliquement !

Il s'appelait Vizzini, se remémora Issy.

— Nous avons pris le nom de jeune fille de notre *nonna* avant d'obtenir un emprunt pour acheter une terre. Nous débordions d'idées et d'enthousiasme. Ce projet de construction nous obsédait depuis si longtemps... Et il marquait un changement d'époque pour nous. Un nouveau chapitre.

Malgré elle, elle sentit son estomac se nouer douloureusement.

— Les lois qui prévoient le vice caché sont récentes, asséna-t-il avec dureté. Nous, une fois l'acte signé, nous n'avons pas pu nous défendre. Nous étions désormais les propriétaires d'une terre sujette aux glissements de terrain, impropre à la construction : l'escroquerie était validée – légale. En voyant arriver deux gamins aux yeux remplis d'étoiles, le vendeur s'était frotté les mains, abusant sans vergogne de leur crédulité, remplissant les poches des fonctionnaires concernés en échange d'un coup de tampon.

Un courant d'air glacé avait envahi Issy. Le « vendeur ». Son père.

— Il a juste commis une petite erreur, poursuivit Gianni. Il nous a sous-estimés. Car nous avions travaillé trop dur et nous comptions trop sur les recettes de ce premier chantier pour rester les bras croisés en versant des larmes. Nous sommes repartis de zéro : à travailler jour et nuit, à compter chaque sou. Enfin nous avons acheté un premier appartement à restaurer, puis un autre, jusqu'à détenir de quoi mener une opération agressive contre la société immobilière de celui qui nous avait volés. Il nous a fallu quatre ans pour y parvenir. Je ne regrette ni nos efforts, ni le résultat.

Sa voix était claire et grave lorsqu'il ajouta :

— Nul besoin d'embaucher un détective pour savoir que le coup qu'il nous avait fait, d'autres que nous l'avaient subi. Nous n'étions que les énièmes victimes d'un spécialiste de la prévarication, un arnaqueur. Et j'espère que tu accepteras bientôt de me dire quelle est cette fameuse preuve de corruption que ta sœur aurait trouvée chez nous, parce que sur la vie d'Alessandro, je te le jure, Issy : jamais nous n'avons été malhonnêtes. Tout ce que nous entreprenons, chaque projet de notre société est transparent, conforme aux lois et à l'éthique.

Gianni commençait à avoir mal au dos.

Issy n'avait pas laissé échapper le moindre son, mais il savait qu'elle était de l'autre côté de la porte, qu'elle l'avait écouté.

Il se leva lentement, s'étira et passa la main dans sa nuque. Puis, il descendit une marche du porche.

— Je vais nager, annonça-t-il. Le dîner sera servi sur ma terrasse couverte à 19 heures. Pour y entrer, il te suffit de passer par le sentier de la plage : le portail sera ouvert. Sans vouloir insister, je serais heureux de te voir. L'idée que tu restes seule avec tes pensées me déplaît.

Il prit une longue inspiration avant d'avouer :

— J'aimerais beaucoup connaître la véritable Isabelle Seymore parce que la Issy qui avait tant d'humour et de répartie sur le *Palazzo delle Feste* me manque. Même si elle n'était qu'un personnage, c'est toi qui l'as créée.

Sur cette note d'admiration sincère, il s'éloigna.

Issy tentait désespérément de se concentrer sur son jeu de solitaire, mais son regard était sans cesse attiré par sa montre. En ce moment, Gianni était attablé sous sa ravissante terrasse couverte : elle s'y était rendue pendant qu'il nageait pour avertir la gouvernante qu'elle ne viendrait pas.

Elle savait qu'il dégustait un mystérieux poisson rôti au lait de coco dans un curry de patates douces.

C'était ce qui lui avait donné envie de se préparer à toute vitesse un *fish and chips*, et elle attrapa une frite dans son assiette pour y croquer avec gourmandise.

Elle était parfaitement cuite : croquante dehors, fondante dedans, et Issy en rêvait depuis deux ans – ou presque. Alors pourquoi ne parvenait-elle pas à la savourer ?

Ni la beauté de l'île au coucher du soleil, ni un merveilleux petit plat maison, ni un jeu stratégique qu'elle adorait autrefois ne la délivrait de ses démons.

Plusieurs fois, au cours du récit de Gianni, elle avait eu envie d'ouvrir la porte et de le prendre dans ses bras. Même si elle se doutait que les cousins détestaient leurs pères pour une bonne raison, jamais elle n'aurait pu imaginer cette enfance martyrisée. Les goûters, les cris de joie aux anniversaires, les câlins, les sorties scolaires, la fierté d'un bon bulletin, les films au cinéma, les vacances chez les copains… Non seulement ces deux garçons en avaient été privés de façon irréparable, mais c'était un miracle qu'ils ne soient pas devenus eux-mêmes des brutes épaisses, après les avalanches quotidiennes de coups et de mauvais traitements qu'ils avaient subis.

Et au moment où ils sortaient de cet enfer, au moment où ils entrevoyaient un morceau de ciel bleu…

Le pire, c'était qu'elle le croyait.

Son cœur se déchirait en même temps que l'image qu'elle conservait de son père. Et si elle voulait se montrer *totalement* honnête… Elle s'en doutait. Depuis des années. Sans oser le révéler à sa sœur, mais…

En exigeant la preuve que les Rossi risquaient de faire du mal à d'autres qu'elles. En excluant de se lancer dans cette vendetta si Amélia ne trouvait trace de leur corruption au sein de Rossi Industries.

Alors… Si Gianni disait la vérité ? Si cette preuve n'existait pas ? Elle devrait en conclure que son ancre, sa boussole, son roc, l'aînée grâce à qui elle trouvait la force de traverser les épreuves depuis toutes ces années lui avait menti.

Qu'Amélia l'avait trahie.

11

Une nouvelle fois, le lendemain midi, Gianni frappa à la porte d'Issy.

La voix qui lui répondit était plus hésitante qu'hostile.

— Oui ?

— C'est moi.

Silence.

— J'ai regretté ton absence hier soir, enchaîna-t-il.

Après un long moment, elle demanda :

— Tu as reçu mon message ?

— Oui. Merci.

Il ne s'attendait pas à ce qu'elle change radicalement d'attitude en quelques heures : naturellement, il s'était préparé à ce que son invitation à dîner tombe à l'eau.

Dans un premier temps, il n'avait pas compris pourquoi l'isolement volontaire de la jeune femme le plongeait dans un tel marasme. Pourquoi il se donnait tant de mal pour la convaincre d'en sortir. Pourquoi son silence le faisait tellement souffrir et pourquoi, à songer combien elle le haïssait, il en perdait le sommeil.

Tous ces sentiments étaient nouveaux et intenses. Le besoin d'entendre sa voix, ne serait-ce qu'une seconde, un mot... Ce besoin le submergeait.

— Tu n'es toujours pas prête à sortir ? s'enquit-il.

Une bonne dizaine de secondes s'écoula avant qu'elle n'admette :

— Non. Pas encore.

« Pas encore » ? Quel progrès ! Ragaillardi par cet espoir, il renchérit :

— Quel dommage. Il fait un temps splendide.

— Je sais. Je suis allée dans le jardin.

— Tu as pris un bain de mer ?

Elle lâcha un petit rire amer.

— Non. De toute évidence, ce ne serait pas très avisé que j'aille nager sans maître-nageur à proximité.

— Ah, mais ça, c'est facile à régler, répliqua-t-il en n'osant pas ajouter qu'il rêvait d'être un maître-nageur à son service exclusif.

Cherchant à chasser son embarras, il s'empressa d'ajouter :

— Tu as toujours été aussi peu à l'aise dans l'eau ?

— Non. C'est juste que je n'avais pas nagé depuis très longtemps. Et puis, petite fille, à la piscine, je jouais. Je ne songeais guère à améliorer ma technique.

— Ah bon ? Parle-moi de ça.

Elle marqua un temps de surprise.

— De quoi ?

— De tes jeux. De ta jeunesse. De ta vie. Tout ce que tu voudras bien me confier.

— Mais, euh… Qu'est-ce que tu veux savoir, au juste ? s'enquit-elle d'une voix où perçait une note de soupçon.

— Tout, répondit-il.

Quand elle reprit la parole, il comprit qu'elle avait collé sa joue à la porte. Elle chuchotait et pourtant, sa voix était très audible.

— Sois plus précis, indiqua-t-elle.

Il eut envie de se coller contre le bois, lui aussi, et il s'efforça de mener la manœuvre sans qu'elle s'en doute. Elle était tellement menue, par rapport à lui… En écartant les bras sur la porte, il avait l'impression de l'embrasser tout entière.

— D'accord. Parle-moi de ton métier. Tu es puéricultrice, c'est bien ça ?

— Auxiliaire, corrigea-t-elle. Je n'ai pas le diplôme de puéricultrice.

— Ah. Et quelle différence est-ce que cela fait ?

— Il m'aurait fallu suivre quatre années d'études de plus. Mon travail consiste principalement à m'assurer que les patients sont bien installés, à veiller sur leur confort et à les assister dans les tâches qu'ils ne peuvent accomplir eux-mêmes.

Gianni hocha la tête, impressionné.

— Tu travailles avec de très jeunes enfants, n'est-ce pas ?

Il revoyait, sur la photo, les visages de petits de sept ou huit ans.

— Oui. J'ai fait mon stage de formation en puériculture et j'ai eu la chance d'être affectée au service de l'hôpital des enfants.

— Et ça te plaît ?

Il entendit le sourire dans sa voix quand elle répondit :

— J'adore ça.

— Mais ce n'est pas trop dur d'être confrontée à des enfants malades ? s'étonna-t-il.

— Si, parfois. Il faut conserver une distance professionnelle et ne pas nouer d'attachement trop étroit. Surtout avec les enfants atteints de pathologies graves.

Gianni hésita avant de demander :

— Ceux qui vont mourir ?

— Oui, souffla-t-elle très bas.

Elle enchaîna rapidement :

— Mais ils sont incroyables. Les enfants sont tellement plus courageux que les adultes ! Et tous.

— Ah ? Je te crois volontiers… Je ne connais strictement rien aux enfants.

— Ah non ?

— Non. Je ne me trouve jamais dans un contexte où les enfants sont présents. De ma vie, je n'ai même jamais soulevé un bébé ! admit-il en riant.

— Ah, tu ne sais pas ce que tu rates.

— Pourquoi ?

La porte émit une légère vibration, comme si la jeune femme s'était retournée.

— Parce qu'il n'y a rien de plus satisfaisant au monde que de tenir un bébé dans ses bras.

Sans réfléchir, il s'enquit :

— Tu veux avoir des enfants ?

— Ah oui. Un jour, c'est sûr.

Elle laissa passer quelques secondes avant de reprendre :

— Et toi ?

Il tenait à se montrer sincère.

— Je n'y avais jamais pensé avant aujourd'hui, mais oui, je crois que j'aurai envie d'avoir des enfants, un jour. Avec la femme de ma vie.

S'imposa aussitôt à son esprit l'image fantasmée d'une Issy brune au ventre rond se régalant d'une glace. Déconcerté, il la rejeta le plus loin possible avec le sujet sensible des enfants.

— Et tu n'as jamais eu envie de passer le diplôme de puéricultrice ? interrogea-t-il de but en blanc.

— En fait, c'est un peu par hasard que je me suis trouvée parmi les enfants. Du temps de mes études, je songeais juste à devenir infirmière.

— Ah ? Et qu'est-ce qui t'a empêchée d'aller au bout de ce projet ? enchaîna-t-il, intrigué.

Non sans avoir marqué un bref silence, elle lâcha d'une voix triste :

— Toi.

Gianni sentit ses poumons se comprimer.

— Dis-moi pourquoi, *bella*. Je veux savoir.

Elle mit si longtemps à lui répondre qu'il se demanda si elle n'était pas partie. Enfin, elle commença à raconter :

— Quand notre père a perdu sa société, l'effet domino a été dévastateur. Sur le moment, la violence a été telle que pour moi, tout a changé du jour au lendemain. Et c'était trop à assimiler : je crois que je me suis comportée un peu comme une somnambule pour traverser cette période. La veille, j'étais l'adolescente la plus chanceuse du monde : je vivais dans une belle maison à Londres, je passais mes étés dans notre villa italienne, j'adorais mon collège, mes amies et ma famille. Et soudain... tout a disparu. Nos parents ont perdu la maison, précipitamment vendu la villa. Amélia et moi avons dû dire au revoir à notre établissement privé, les frais étant devenus trop élevés. Tout le monde nous tournait le dos. Les amis de mes parents, les nôtres aussi. Jusqu'alors, mon père aimait boire un verre de temps à autre mais à compter de ce jour, il s'est littéralement noyé dans l'alcool. Avant sa mort, un an après, plus jamais je ne l'ai vu sobre.

Gianni déglutit avec peine et se massa les tempes. En Toscane, il avait entendu dire que Seymore avait passé l'arme à gauche. Et cela ne lui avait fait ni chaud, ni froid.

— Après sa disparition, maman a été obligée de remplir un dossier de faillite, puis de surendettement. Nous avons encore déménagé, et je crois que c'est lorsque nous avons obtenu un logement en HLM qu'elle a commencé à devenir dépendante des médicaments. Amélia s'en est aperçue avant moi parce qu'elle est plus observatrice, et surtout parce qu'elle avait endossé le rôle de protectrice vis-à-vis de moi. Même si elle était impuissante à me protéger contre ces tragédies : j'étais consciente que mon père avait emporté avec lui la Jane Seymore que j'avais connue – une épouse toujours belle et élégante, une mère joyeuse et tendre. C'était fini.

— Mais cette dépendance... C'est si grave que ça ? demanda-t-il.

— Oui, c'est très sérieux. Nous avons fait de notre mieux pour l'aider quand nous n'étions encore nous-mêmes que des gamines, et que nous n'avions plus de mutuelle. Puis, Amélia a obtenu son poste chez vous et nous avons pu l'envoyer dans un centre réputé, en Amérique du Sud. Elle s'y plaît, je crois. Enfin, ni plus ni moins qu'ailleurs sur cette planète.

Un long silence fila entre eux.

— Ces épreuves nous ont soudées, Amélia et moi, reprit-elle. Sa force est incroyable et, en un sens, elle me l'a transmise pour que moi aussi, je sache relever la tête. Je ne sais pas ce que je serais devenue sans son indéfectible soutien. En tout cas, c'est grâce à elle que nous avons pu prendre soin de maman et veiller l'une sur l'autre. Ensemble, nous avons tenu, et nous nous sommes juré de vous faire payer le mal que vous nous avez fait. Nous voulions vous rendre le coup œil pour œil et dent pour dent en dynamitant votre société.

Peu à peu, au fil de ce terrible récit, la voix de la jeune femme s'était affermie. Il perçut toute sa fierté lorsqu'elle ajouta :

— Amélia n'est entrée chez vous que dans ce but. Le cursus qu'elle a suivi à l'université, sa spécialisation : c'était uniquement pour décrocher un poste haut placé chez Rossi Industries.

Gianni croisa les bras sur sa poitrine.

— Et toi, tu as servi de complice ?

— Non. De coéquipière. Je travaillais dans l'ombre à collecter des informations, mais nous étions à pied d'égalité. Chaque décision a été prise à deux. Chacune a mis toutes ses économies dans le pot commun.

— Mais... Tu voulais devenir infirmière, protesta-t-il.

Le ton têtu de la jeune femme le frappa.

— L'une et l'autre, nous avons fait des sacrifices que nous n'avons jamais considérés comme tels, étant donné l'importance de notre projet. Quant à mon métier d'auxiliaire en puériculture, je l'adore. Je n'en changerais pour rien au monde.

Gianni sentait un poids pénible peser sur son poitrail. Il y avait une question qu'il brûlait de poser, mais… Il prit son inspiration pour se lancer.

— Plusieurs fois, en évoquant le sabotage de Rossi Industries, tu as parlé au passé. Est-ce que ça veut dire que… tu me crois ?

Issy posa son front contre la porte avant de se retourner pour s'y adosser et s'asseoir par terre.

— Je ne… Gianni, s'il te plaît.

Luttant pour retenir ses larmes, elle révéla néanmoins :

— J'ai, euh… J'ai eu des doutes.

— Quel genre de doutes ?

Il y avait de la douceur dans sa voix, remarqua-t-elle. Il n'était pas dans le triomphalisme. Cette attitude ouverte l'incita à admettre :

— Nous… Nous avons pris ce qu'il nous disait pour argent comptant.

Il soupira.

— Je sais que ça fait mal, *bella*. Mais le fait qu'il ait été un salaud dans les affaires ne doit pas entacher le souvenir que tu gardes de ton père.

— Comment veux-tu que je trace une ligne entre mon père et l'homme qu'il était ? opposa-t-elle. Tout ce que nous avions, la vie privilégiée que nous menions, c'était fondé sur des mensonges, du vol, des malversations.

— Mais ton père, lui, n'était pas une illusion, opposa-t-il. Il vous a infiniment aimées, Amélia et toi, et j'ai la nette impression que s'il s'est livré à une sorte de suicide par alcoolisme, c'est parce qu'il ne supportait pas les répercussions de ses actes sur vous : sa famille.

Issy s'esclaffa avec amertume.

— Je ne parviens pas à croire que tu prennes sa défense. Toi, Gianni Rossi ?

Après le tour impardonnable que lui avait joué son père ?

— Les gens sont complexes. Il y avait forcément du bon en lui pour qu'il ait une fille comme toi.

— Une fille qui a voulu se venger, et saboter tout ce que tu as patiemment bâti à la sueur de ton front ? insista-t-elle, incrédule.

— Pas celle-là, non. Je pense à la fille loyale et au cœur d'or qui ne pouvait pas se lancer dans une vendetta personnelle sans être sûre d'avoir affaire à des vautours malfaisants. Sans se dire qu'elle assurait la protection *d'autres personnes*. Quand ta sœur t'a écrit qu'elle détenait la preuve de corruption chez nous, tu as répondu : « Ouf ! Merci mon Dieu, quel soulagement ! ». Le même jour, au matin, sur la photo que tu as prise avec l'un de tes patients, tes cheveux étaient encore châtains : tu as attendu le dernier moment pour les décolorer parce que… tu avais des doutes, *cara* ! Et si je le sais, ta sœur le savait aussi : c'est pour cette raison qu'elle a inventé cette histoire de corruption. Elle t'a dit ce que tu avais besoin d'entendre. Pour que tu ne lui fasses pas faux bond à l'instant critique.

Les larmes qu'Issy tentait difficilement de contenir franchirent la digue d'un coup, en cascade. Comment un homme qu'elle connaissait depuis si peu de temps était-il capable de comprendre le dilemme qui l'avait tant fait souffrir et de poser les mots justes sur des émotions qu'elle n'osait pas s'avouer ?

— *Bella* ?

Elle reprit son souffle et essuya ses yeux sur son T-shirt.

— C'est vrai, reconnut-elle. J'avais des doutes sur ce qui s'était réellement passé entre papa et vous. Mais Gianni, je ne doute pas d'Amélia. Elle est mon ange gardien et si elle n'avait pas été là pour moi, Dieu sait où je serais aujourd'hui. Pourquoi voudrait-elle me mentir ? Quel intérêt ?

— Je... Je n'en sais rien, dit-il d'un ton prudent. Mais pose-toi la question à l'envers : dans la mesure où c'était tellement important, pourquoi ne t'a-t-elle pas appelée pour t'annoncer cette fantastique nouvelle ? Pourquoi juste un petit texto sibyllin ? Vous consacrez des années d'efforts à trouver cette preuve, et le jour où elle la déniche, elle se refuse la joie de triompher de vive voix ? En fait, elle n'osait pas te mentir directement.

Un silence mortel suivit ce raisonnement.

Gianni regrettait déjà ses paroles. C'était trop pour elle. Il aurait dû attendre qu'elle se remette de sa déception en tant que fille avant d'infliger un tel coup de massue à la petite sœur. Tout le monde avait lâché Issy : son père, sa mère, la société... à l'exception d'Amélia.

Quand il entendit le verrou jouer et qu'il vit la porte s'entrouvrir, il se demanda s'il ne rêvait pas. Comme dans un rêve, il attendit.

Et dès qu'elle apparut devant lui, le visage ruisselant, il la prit dans ses bras.

— Oh ! Issy...

Son chagrin était profond, et il la tint contre lui pour la guider à l'intérieur, jusque dans le salon, où ils s'installèrent sur le canapé.

Face au lagon, ils restèrent longtemps serrés à ne rien dire. Gianni caressait délicatement ses cheveux et l'enveloppait de toute sa force. Les sanglots d'Issy s'espacèrent peu à peu, et elle resta dans ses bras, sans bouger.

— Tu veux que je te laisse faire une sieste ? proposa-t-il. Tu as besoin de te reposer.

— Non, je voudrais que tu restes. Peux-tu m'apporter un verre d'eau ?

— Bien sûr. Ne bouge pas.

Gianni manqua lâcher le verre en revenant dans la pièce, et Issy sourit, ravie de sa ruse.

En son absence, elle avait déplié le canapé et ôté ses habits. Nue, elle l'attendait.

— Tu n'as pas chaud ? demanda-t-elle d'un ton faussement ingénu.

— Si. Atrocement chaud, convint-il d'une voix si bouleversée qu'elle en fut émue.

Le cœur battant, elle écouta la musique étrange et excitante de sa boucle de ceinture qui s'ouvrait, et du chuintement de ses vêtements tombant à terre.

Il arrima son regard au sien pour la rejoindre sur le canapé. Un regard bleu-gris, intense et prometteur. Une délicieuse torpeur la gagnait, et elle s'abandonna aux pulsations frénétiques dans ses veines dès qu'il se pencha sur son visage pour happer ses lèvres.

Un baiser langoureux les emporta ensemble. Leurs langues s'emmêlèrent. Issy avait follement envie de lui. Depuis qu'il l'avait prise dans ses bras, depuis l'instant où elle s'était blottie dans sa chaleur… Elle refusait de lutter davantage. La force de son désir venait de se libérer.

Plus rien ne l'interromprait, et la fièvre exquise qui lui faisait perdre tout contrôle de son corps serait maîtresse du jeu.

Enfonçant ses ongles dans sa chevelure, elle fit errer ses mains jusque dans le creux de sa nuque. Comme s'il était victime du même désir surpuissant, il la renversa sur le dos pour l'embrasser encore et toujours plus passionnément.

Des ondes merveilleuses couraient dans son corps. Une

chaleur liquide inondait son entrejambe et jamais elle n'avait été aussi sûre de ce qu'elle voulait.

Lui. Gianni Rossi.

Elle avait envie d'explorer son anatomie. Sa peau bronzée était douce et ferme sous ses caresses. Elle adorait palper ses épaules rondes, déposer des traînées de feu le long de ses pectoraux. Elle sentit ses seins se gorger d'une lave explosive lorsqu'il la pressa contre son torse.

Dès qu'il se mit à embrasser sa gorge, les yeux fermés, elle gémit.

Le grain de sa peau satinée envoûtait Gianni. Ses seins le rendaient fou. Il voulait caresser la courbe de ses hanches et l'arrondi de ses fesses, et son regard se rivait sur le petit triangle brun de son intimité.

Lorsqu'il posa les lèvres sur l'un de ses tétons, il l'entendit étouffer un gémissement de plaisir et, du bout de la langue, traça des cercles autour de ses aréoles.

— Oh oui ! Encore...

Ivre de désir, Gianni se mit alors à les sucer avec avidité. Parfois, il remontait vers sa bouche pour l'embrasser avec volupté, tandis qu'il torturait encore la pointe de ses adorables petits seins roses et durs.

Comme elle écartait les cuisses, incapable de contrôler son impatience, il se mit à caresser la peau si fine, si sensible de cette zone, effleurant l'intérieur de ses jambes, prenant tout son temps. Enfin, il s'aventura vers son sexe ouvert, trempé, offert.

Avec une infinie délicatesse, il caressa son clitoris et la regarda se cambrer, se tortiller, lâcher des soupirs éloquents. Il n'oubliait pas que c'était sa première fois, et il sentait monter en elle des vagues de plaisir qu'il fit durer avant de descendre sur le canapé et de passer sa tête entre ses cuisses. Non sans gourmandise, il lécha le suc de son sexe.

Les gémissements d'Issy redoublèrent d'intensité.

Gianni embrassait, léchait, cajolait son clitoris de sa langue. C'était si délicieux qu'il avait envie de prolonger indéfiniment cette caresse. Elle renversait la tête en arrière, ne lui dissimulant rien de son plaisir.

Quand il la guida vers l'orgasme et qu'elle lâcha un cri rauque, il éprouva un sentiment de complétude et de fierté aussi désarçonnant que délectable.

La main posée sur son sexe dressé, Issy écoutait son cœur battre à coups lourds. Gianni s'était remis à lécher ses seins, à les caresser de ses gestes ensorcelants, et l'extase qu'elle venait de connaître la laissait suffocante.

Elle n'eut pourtant pas besoin de plus de quelques secondes pour réaliser que son désir restait intact – déchaîné. Et sa main arpenta audacieusement la verge de son compagnon. Cette verge si dure, si chaude, si prête à lui donner...

— *Tu sei bella*, souffla-t-il en interrompant son geste.

— *Anche tu*. Viens...

Il plongea son regard dans le sien et elle sourit, comme il basculait sur elle.

Enfin.

Entourant son cou de ses bras, elle fit crisser sa chevelure noire entre ses doigts. La peur avait fui, mais elle retint son souffle lorsqu'il la pénétra.

Ses yeux, inquiets et attentifs, attendaient son signal. Issy n'avait pas mal. Au contraire, elle accueillait avec un émerveillement infini les sensations qui la transperçaient.

Enroulant ses cuisses autour de lui, elle l'invita à s'enfoncer plus profondément en elle.

Le lent va-et-vient de Gianni adoptait un rythme tribal,

et elle ne suivit cette cadence que pour l'inciter à la pénétrer plus fort, plus loin, sans retenue.

Leur corps-à-corps s'endiablait davantage à chaque instant, et elle ne parvenait pas à croire que le plaisir qui montait pouvait encore gagner en puissance.

Pourtant, si ! Les vagues de plaisir l'emportèrent inexorablement jusqu'à un nouvel orgasme, un pic de jouissance qu'elle atteignit au même moment que lui.

Alors, en sueur et brûlants, ils retombèrent, enlacés sur le canapé, et Issy écouta son cœur emplir le salon de son tam-tam.

[illegible] elle pourrait [illegible]
plus loin, plus loin, sans retour.
[illegible]
[illegible]
pouvait encore [illegible]
[illegible]
[illegible]
[illegible]
[illegible]
[illegible] pour [illegible] le salon [illegible]
[illegible]

12

Gianni se tourna vers le visage assoupi à côté de lui et sourit en voyant les rayons de soleil illuminer quelques taches de rousseur sur le nez d'Issy.

La tentation de la réveiller pour lui faire l'amour était forte mais il y avait maintenant trois jours et quatre nuits qu'ils ne faisaient que ça, enfermés dans la grande chambre de la villa rose. La jeune femme avait besoin de dormir. Quant à lui, s'il lui arrivait de sentir l'ivresse du manque de sommeil, jamais il n'avait été plus heureux de sa vie.

Il se sentait, comment dire ? Plus vivant. Comme si chaque atome de sa chair s'était réveillé d'une trop longue nuit.

Comme elle ouvrait les yeux, il murmura :

— Bonjour, toi.

Elle sourit. Il se pencha pour effleurer cette irrésistible petite bouche rose d'un baiser.

— Il est encore tôt, précisa-t-il. Rendors-toi.

Remontant sur son oreiller, elle posa une main sur son torse et susurra :

— Mais je n'en ai aucune envie.

Ils échangèrent un regard complice.

Ces trois jours étaient passés comme un rêve. Il n'y avait eu qu'eux - ils étaient seuls au monde, sur leur île presque déserte.

— J'ai une nouvelle à t'annoncer, dit-il tout à trac.

— Ah ?

Il étendit le bras vers sa table de chevet et désigna la tablette. Celle qu'il conservait ici, sur Moustique.

— J'ai reçu un message, expliqua-t-il. Quatre mots d'Alessandro : « La société est sauvée ».

Il était étrange que son cousin se soit contenté de cette information brute. Gianni avait eu beau fouiller toutes ses messageries, il n'avait rien trouvé d'autre que ce courriel minimaliste daté de la veille.

— Oh... Je vois, murmura Issy.

Avant qu'il n'ait eu le temps d'ouvrir la bouche, elle ajouta :

— Tant mieux, je suis contente.

Gianni haussa les sourcils.

— Vraiment ?

— Oui, vraiment. Et je regrette ce que nous avons tenté de faire. Je suis désolée... Tu me pardonnes ?

Gianni sourit et déposa un baiser d'une infinie tendresse sur son front.

— Il y a longtemps que tu es pardonnée, répondit-il. Et maintenant... Tu es libre de rentrer chez toi.

— Tu... Tu as envie que je rentre ? demanda-t-elle d'une voix éraillée par l'émotion.

— Non, assura-t-il avec véhémence.

— Ouf. Parce que je n'ai aucune envie de rentrer, moi non plus.

Ces mots agirent tel un baume bienfaisant sur sa pire angoisse. Depuis qu'il la retenait prisonnière ici, sa culpabilité ne lui avait pas accordé une seconde de répit.

— Ton smartphone se trouve dans mon dressing, dit-il. À côté.

— Mon... Oh ! je l'avais oublié ! s'esclaffa-t-elle.

— Tu peux appeler ta sœur.

Issy avait une bonne raison d'avoir chassé son smartphone de son esprit. Elle ne tenait pas du tout à parler à Amélia. Du moins, pas tout de suite. Elle n'était pas prête à la confrontation avec son aînée au sujet de son mensonge.

— Tu m'as affirmé qu'elle allait bien, dit-elle sans se lever du lit.

— Alors ne l'appelle pas. Attends un peu.

Le regard que lui lançait Gianni suffisait. Il avait compris, elle le savait. Il devinait son dilemme au sujet d'Amélia.

Glissant ses bras autour de son cou, elle le gratifia d'un baiser passionné.

L'homme qui lui faisait tourner la tête n'avait pas à rentrer en Angleterre avant quatre ou cinq jours. Elle voulait savourer chaque minute de chaque heure, avant que la cloche ne sonne la fin de la récréation.

Oui, le monde réel attendrait bien un peu.

Devant le petit déjeuner, sur la terrasse qui dominait la petite baie, Gianni prit la main d'Issy, la porta à ses lèvres et l'embrassa.

— Tu es si belle ! Tu le sais, n'est-ce pas ?

Elle sourit.

— Dans tes yeux, je me sens belle, oui, répondit-elle.

— Tu es magnifique, Isabelle, et je veux que tu me promettes de ne plus jamais t'affamer.

La jeune femme parut étonnée et s'esclaffa.

Certes, au cours des derniers jours, ils avaient fait bombance, entre leurs étreintes dans chaque pièce de la maison.

— C'est uniquement pour t'appâter que j'ai adopté un régime sec, expliqua-t-elle.

— Oui, je m'en doutais. Et c'est pour la même raison que tu as décoloré ta superbe crinière brune. Mais les femmes que j'ai fréquentées avant toi...

Il hésita. Avouer sa misogynie n'était pas facile, mais

depuis qu'il l'avait regardée en face, elle lui faisait horreur. Il devait la franchise à Issy.

— Je me suis montré très superficiel, reprit-il. Il me fallait tous les signes extérieurs les plus clinquants : montres, voitures, un yacht de luxe... et des compagnes d'un soir obéissant à une image très précise. Petit, je n'avais pas de jouets. Et aucune liberté. Je crois que cette revanche sur mon enfance me permettait de me distinguer de mon père. Mais cela m'a rendu stupide. Je me suis donné des allures de mâle idéal, et j'ai voulu fréquenter des top-modèles parce qu'elles étaient admirées et convoitées par d'autres mâles portant, eux aussi, des montres clinquantes...

Il lâcha un long soupir avant d'avouer :

— Je veux me montrer honnête avec toi, parce que notre rencontre a commencé dans un mensonge. Issy...

Il hésita encore avant d'enchaîner :

— Avec toi, tout a changé. Je ne me suis jamais senti aussi bien auprès d'un autre être humain, et tu me donnes la force et l'envie de devenir meilleur. Ce que nous partageons est tellement unique que j'ai du mal à y croire. C'est une chance que je ne laisserai pas filer. Quand je pense à ma mère, seule dans son appartement à Milan... Pour la première fois depuis vingt ans, je ne lui en veux plus de ne pas être revenue me chercher.

— Elle n'a peut-être pas pu, Gianni, soupira Issy. Et si...

— *Bella*, coupa-t-il, je n'ai pas besoin d'être consolé. Je veux suivre ton exemple. En un sens, ta mère vous a abandonnées, ta sœur et toi. Pourtant, tu lui as pardonné. Tu ne songes qu'à l'aider. Je dois suivre cette voie : accorder davantage ma confiance aux autres.

Il planta son regard dans le sien et poursuivit :

— En commençant par la personne qui mérite le plus cette confiance.

Non sans avoir repris son souffle, il déclara :

— Je t'aime, Issy. Je suis amoureux de toi. Bien sûr, notre mariage n'était qu'un coup de bluff, mais…

— Je t'en prie, Gianni, tais-toi ! Ne va pas plus loin.

C'était épouvantable. Si on lui avait annoncé, quinze jours plus tôt, qu'elle deviendrait la première femme capable de briser le cœur de Gianni Rossi, elle ne l'aurait pas cru.

Aujourd'hui, elle ne supportait pas qu'il la pousse dans cette position. Il la mettait au supplice en la contraignant à lui tourner le dos !

— Tu sais bien que ce ne sera pas possible, plaida-t-elle. Jamais. Et tu l'as toujours su !

Sa réaction fit mouche. Livide, il la contempla longuement avant de demander :

— Dis-moi que tu ne m'aimes pas.

— Ne fais pas cela, Gianni. Ne nous inflige pas ce…

Sans l'écouter, il insista :

— Dis-moi que tu ne m'aimes pas et je demande l'annulation de notre mariage dès notre arrivée à Londres. C'est simple. Tu n'as qu'un mot à dire.

— Je ne…

Issy serra les poings. Mais sa langue refusait de coopérer. Plus question de mentir. Vaincue, elle conclut :

— Je ne peux pas.

— Parce que tu m'aimes, reprit-il d'un ton plus ému que victorieux. Donne-nous une chance ! S'il te plaît, ne dis pas non à quelque chose d'unique et de rare. Quelque chose que nous ne retrouverons jamais nulle part, ni toi, ni moi, même en y investissant tout l'or du monde.

Le menton de la jeune femme tremblait. Ce fut à ce signe que Gianni comprit qu'il avait perdu. Elle partageait ses sentiments, oui. Mais elle refusait de l'admettre.

— Je ne *peux* pas, répéta-t-elle. Tu dois le comprendre !

— Arrête de répéter ça ! s'offusqua-t-il. Tout ce que je sais, c'est que nous sommes fous amoureux l'un de l'autre !

— Pourquoi rends-tu les choses plus difficiles qu'elles ne le sont déjà ? geignit-elle. Toi et moi, c'est une histoire impossible. Je n'ai pas le droit de trahir Amélia. Il faut que tu retrouves ta vie et moi, la mienne.

— Amélia t'a trahie, rappela-t-il avec cruauté.

— Non, jamais ! s'insurgea-t-elle en secouant la tête.

— Elle t'a menti : au fond de ton cœur, tu le sais.

— Non, non ! Et même si elle l'a fait, c'est qu'elle avait une bonne raison ! Oh ! tu... Tu ne comprends rien ! Mon père est mort, ma mère est devenue une étrangère, et ma sœur est tout ce qu'il me reste !

Sur ces mots, elle quitta la table et partit en courant. Il fallut un moment à Gianni pour la retrouver.

Assise sur un banc, dans le potager, elle admirait la vue sur la plage et la ligne d'horizon, aussi bleue que la mer.

— Je te crois, Gianni, déclara-t-elle dès qu'elle le vit approcher. Elle m'a menti.

Il ne répondit pas. Il sentait bien qu'elle résistait à la force magnétique à laquelle il avait choisi de céder.

— Mais cela ne change rien, enchaîna-t-elle. Elle vous hait, toi et ton cousin. Tu aurais dû la voir, les jours qui ont précédé mon départ aux Caraïbes. Elle était tellement certaine que l'heure de la revanche avait sonné pour nous qu'elle avait presque de la fumée qui lui sortait des oreilles... Une vraie tornade dégoupillée. Notre échec a dû la mettre au tapis. Je ne peux pas ajouter ça...

— Mais Issy, comment peux-tu croire que je ne vive pas la même chose que toi ? demanda-t-il en plongeant son regard dans le sien. Nous sommes dans le même bateau. Alessandro va me tenir pour un traître infâme. Je suis la seule et unique personne en qui il ait confiance, en ce bas monde. Quand il saura que je suis tombé amoureux de celle qui a voulu tuer Rossi Industries, la fille de Thomas Seymore, crois-tu qu'il comprendra d'emblée ? Quand il apprendra que nous sommes mariés, mesures-tu les conséquences pour moi ? Nous faisons face à la même situation. La seule différence, c'est que je suis prêt à tout perdre pour être avec toi. Alors que toi...

Il déglutit lentement. Pourquoi se battait-il ? C'était peine perdue. Un désespoir douloureux l'enveloppa soudain.

— Tu es lâche, conclut-il. Tu ne fais même pas l'effort d'essayer, et tu te sers de ta sœur comme d'un alibi.

À ces mots, scandalisée, elle lui retourna un regard furieux.

— Comment oses-tu me dire cela ?

Il la contempla avec tristesse.

— Parce que c'est la vérité, Issy. Ta sœur t'aime. Elle ne souhaite que le meilleur pour toi. Elle veut que tu sois heureuse. Autrement dit, tu pourrais la convaincre. Avec un peu de temps, et quelques bons arguments. Et tu sais que j'ai raison.

Un long silence suivit sa réplique. Un silence interminable. Et, finalement, un silence qui en disait davantage que tous les mots, jugea-t-il.

Il tourna les talons et repartit vers la villa.

— Attends ! plaida Issy. Ce n'est pas ce que tu crois. Je n'ai pas peur !

— Menteuse, répondit-il sans se retourner.

— Mais où vas-tu ?

Il fit volte-face pour annoncer :

— Je vais prévenir le capitaine Caville. Le yacht est mouillé à une cinquantaine de kilomètres, il arrivera vite. Je te suggère de ne pas tarder à faire ta valise.

— Mais... On s'en va ? balbutia-t-elle.

— Oui. Je ne tiens pas à rester ici une minute de plus que nécessaire.

Venant près de lui, elle voulut lui prendre la main. Il l'en empêcha.

— Gianni, je t'en supplie, ne nous séparons pas ainsi, supplia-t-elle.

Un sifflement douloureux affectait ses oreilles. Sa vue était brouillée. Il avait comme un sac de pierres dans le ventre. Acide, il opposa :

— Ne me demande rien. N'attends rien de moi. Ce mariage ne signifiait rien : « nous », ça n'a jamais existé. Adieu et bonne chance.

D'une démarche martiale, il rejoignit la villa sans un regard pour la jeune femme.

Assise sur le balcon de sa cabine sur le *Palazzo delle Feste*, Issy contemplait le ciel étoilé. Les constellations étaient clairement visibles, au cœur de cette nuit sans lune. Elle aurait voulu que tous ces astres secouent un peu de leur poussière magique sur elle, pour lui donner du courage.

Elle redoutait le retour à Londres. Les dernières paroles qu'elle avait échangées avec Gianni la glaçaient encore jusqu'aux os. Jamais elle ne l'aurait cru capable de lui parler aussi rudement, et de la jeter hors de sa vie si soudainement, mais...

C'était peut-être mieux ainsi.

Une rupture claire, nette, définitive.

Issy déglutit lentement, et les étoiles devinrent floues. Puis, elles tournoyèrent dans le noir. En attendant que son vertige passe, elle resta bien droite sur sa chaise.

Mais le vertige ne passait pas et une vague nausée montait depuis son estomac.

Gianni avait raison. Elle n'était qu'une lâche. Évidemment qu'Amélia finirait par lui pardonner ! Peut-être pas dans la minute, mais en voyant combien Issy aimait son mari, et combien elle était aimée en retour.

Comme elle, Amélia s'apercevrait que Gianni était loyal, franc et fiable. Il ne l'avait pas abandonnée, lui. Il lui avait toujours donné une chance de s'exprimer, de s'expliquer. Et quand elle refusait de lui parler, il était venu chaque jour frapper à sa porte...

Rien d'étonnant à ce qu'il ait été tellement en colère contre elle. Depuis l'abandon de sa mère, c'était la première fois qu'il s'ouvrait entièrement à une femme. Il lui avait offert son cœur. Et elle... elle l'avait piétiné.

Oh ! bon sang, qu'avait-elle fait ?

Depuis le hublot de sa cabine, Gianni s'était demandé ce qu'Issy pouvait faire, à méditer ainsi sous les étoiles pendant des heures.

Depuis qu'ils avaient embarqué, au matin, il vivait comme un reclus, ne communiquant avec le capitaine que par téléphone.

Il refusait de courir le risque de la croiser. Alors pourquoi continuer à la fixer, alors qu'elle courait soudain dans l'escalier menant au pont inférieur et que...

— Isabelle ! cria-t-il, horrifié.

Elle était tombée ! Paniqué, il se rua hors de chez lui pour traverser le pont et se précipiter à son secours.

En quelques secondes, il parvint devant elle, la souleva et l'installa sur la chaise longue la plus proche.

— Où as-tu mal ? glapit-il. S'il te plaît, *mi amore*, dis-moi si tu te sens blessée !

Peu à peu, Issy réalisa que ce n'était pas un rêve. Ni une hallucination.

Gianni caressait sa joue, lui murmurait des mots tendres et la fixait d'un regard éperdu d'inquiétude et d'amour. Gianni, solide comme un roc, la tenait par la taille et entrelaçait ses doigts dans les siens.

— Tu as mal ?

— Mal ? répéta-t-elle en battant des cils.

— Issy… Qu'est-ce que tu as fait ?

Honteuse, elle baisa les yeux.

— Je t'ai repoussé.

Il fronça les sourcils. Il ne comprenait pas.

— Je suis la reine des idiotes, enchaîna-t-elle.

Elle arrima son regard au sien et, en tremblant, encadra son visage de ses mains.

— Je t'en prie, pardonne-moi. Accorde-moi une seconde chance. Ne me jette pas hors de ta vie, parce que je ne pourrais pas le supporter. Je t'aime, Gianni. Je veux construire ma vie avec toi. *Notre* vie.

Apparemment incapable d'en croire ses oreilles, il fixait sa bouche, comme pour lire les mots sur ses lèvres.

— Il n'y a même pas dix heures que tu m'as quittée et c'est toi qui avais raison, enchaîna-t-elle. Je ne peux plus vivre sans toi. Je peux arpenter la planète de long en large, chercher toute ma vie… jamais je ne retrouverai cette complicité unique avec quelqu'un d'autre que toi.

Il la fixait avec insistance.

— Et Amélia ? s'enquit-il d'une voix brisée par l'émotion.

— Elle m'aime. Elle me pardonnera un jour ou l'autre. En attendant, c'est à toi que je demande pardon.

— *Mi amore…*

Elle vit le regard clair de Gianni briller.

— De ta part, il n'y a rien à pardonner, voyons. C'est moi qui suis en tort. Je n'aurais pas dû réagir comme je l'ai fait, et je n'en suis pas fier. Il semblerait que j'aie un léger problème avec l'abandon.

Bouleversée, Issy se laissa aller à son rire en se pressant contre lui.

— C'est possible. Très léger, oui !

Le cœur débordant de joie, elle s'accrocha à son cou tandis qu'il couvrait son visage de baisers. Puis ils éclatèrent de rire, et ils échangèrent une étreinte si brûlante, si langoureuse qu'Issy se sentit fondre de désir.

— Ne te fais pas de reproches à propos de ta réaction, reprit-elle. Nous avons la même peur du rejet.

— Avions, corrigea-t-il. Plus maintenant. C'est fini ! Parce que tu m'aimes et que tu ne me laisseras jamais partir.

— Et toi, pareil : tu m'aimes, et tu ne me laisseras jamais partir.

— Jamais, renchérit-il.

— Moi non plus, jura-t-elle.

Et il en serait ainsi !

Issy s'étira longuement dans le grand lit de l'appartement londonien de Gianni.

C'était la deuxième nuit qu'elle y passait et elle s'y sentait déjà comme chez elle.

Le seul nuage dans le ciel, c'était la réaction d'Amélia quand elle reviendrait. Il fallait à tout prix qu'Issy dompte cette appréhension.

Enfin, ce matin-là, en sortant de la douche, elle se décida à rallumer son téléphone. Il y avait plusieurs jours que Gianni le lui avait rendu et qu'il gisait au fond de son sac à main.

Après avoir enfilé un jean et un sweat-shirt, Issy déverrouilla l'appareil. Les dents serrées, elle se prépara mentalement à une avalanche de textos inquiets voire paniqués. Une surprise l'attendait : un mur de silence. Pas un mot, pas un message dans la boîte vocale – aucun signe de sa sœur.

Quittant la salle de bains, elle retrouva son mari dans la cuisine, où il venait de leur préparer le petit déjeuner. Il posa son propre téléphone sur la table et se tourna vers elle, l'air préoccupé.

— Qu'est-ce qui se passe ? s'enquit-elle.

— Je viens de recevoir un message d'Alessandro.

Le cœur d'Issy se mit à battre très fort.

— Il sait, à propos de nous ? demanda-t-elle plus bas.

— Ma foi, je n'en suis pas sûr et ce n'est pas à ce sujet qu'il m'écrit. Il me prie de t'emmener à l'aéroport.

Issy haussa les sourcils.

— Pour quoi faire ?

— Amélia rentre par avion et d'après Alessandro… Elle aurait besoin de toi.

Le sang d'Issy se figea dans ses veines. Les deux sœurs étaient toujours là l'une pour l'autre. Elles se serraient les coudes. Mais Amélia était indépendante, très structurée, et sur le plan émotif, elle n'avait jamais eu « besoin » de sa cadette.

— Tu viens avec moi ? s'inquiéta-t-elle en plongeant son regard dans celui de son époux.

— *Mi amore*, je te suivrai jusqu'au bout du monde, promit-il en déposant un baiser d'encouragement sur son front.

Puis il pianota quelques mots sur son smartphone et ajouta :

— J'appelle notre chauffeur. Nous partons dans dix minutes.

« Notre » chauffeur. « Nous » : un mot tout simple. Un mot qui changeait tout.

Ils étaient deux, désormais. Pour toujours.

Épilogue

Souriant avec bonheur, Gianni ferma les yeux et se balança doucement dans son hamac. Le soleil se levait. Son fils cadet dormait, pressé tout contre lui. Certes, en cet instant, Matteo avait l'air d'un ange, mais à dix-huit mois, le petit vaurien maîtrisait désormais l'art de s'échapper de son lit.

Ce matin, il avait trotté jusque dans la chambre de ses parents pour réveiller son père, et Gianni l'avait emmené dehors afin d'éviter de réveiller le reste de la famille.

Il retint un soupir à l'idée qu'ils allaient tous bientôt retourner en Europe. Mia, leur aînée, entrerait à l'école primaire dans deux semaines. Longtemps, ils avaient débattu et discuté pour savoir s'ils devaient engager à domicile un instituteur ou une institutrice et continuer ainsi à passer six mois de l'année sur leur petit paradis. Ils avaient conclu que ce serait égoïste de leur part. Leurs enfants avaient besoin de côtoyer d'autres élèves et de découvrir l'univers scolaire. Moustique et Lowell resteraient leur point d'ancrage durant toutes les périodes de vacances jusqu'à ce que le dernier de leurs poussins ait quitté le nid... Alors seulement, ils s'y installeraient pour de bon. Enfin, c'était le projet. Mais dans combien de temps toucheraient-ils ce rêve des doigts, personne ne le savait, ainsi que le confirma l'apparition de sa merveilleuse épouse, enceinte de six mois.

Radieuse, elle portait un énorme paquet et Mia, derrière

elle, un plus petit. Elle était si belle, avec sa longue chevelure auburn cascadant sur ses épaules ! Il admira le galbe de sa poitrine très ronde dans sa longue robe bain de soleil rose fuchsia. Mille petits éclats dorés brillaient dans ses yeux bleus – ce bleu intense dont avait hérité sa fille. Mia portait la même robe que sa mère en jaune, un jaune joyeux qui mettait en valeur ses longs cheveux noirs et son teint méditerranéen.

Après six ans de mariage, la passion du couple était intacte, et Gianni se considérait comme un homme comblé, grâce à sa famille.

— Joyeux anniversaire, papa ! s'écria Mia.

Il feignit de se réveiller et mima la surprise.

— Oh ! Merci ma chérie !

Matteo releva la tête, lança un regard énamouré à son père et répéta :

— Joye anisaire !

Gianni posa son index sur le bout de son adorable petit nez et le redressa afin qu'il voie la taille du paquet d'Issy : il était presque aussi grand qu'elle !

— Joyeux anniversaire, mon héros, lança sa femme. Tu ne devineras jamais ce que c'est… Attention Mia, ne dis rien !

En effet, Gianni savait ce que sa femme lui offrait, mais il posa les autres paquets sur la table avant de défaire le papier de son cadeau maxi-format.

C'était une banane gonflable géante. Chaque année, Issy lui offrait un immense flotteur pour la piscine ou pour le lagon. Durant la journée, c'était un jouet pour toute la famille. Quand les enfants dormaient, en revanche, Issy et Gianni s'offraient un bain de minuit et revivaient avec fièvre leurs tout premiers échanges érotiques.

Mia avait dessiné leurs visages sur la banane, et il la souleva dans ses bras pour l'embrasser, avant de recommencer avec Matteo.

Sa femme, elle, eut droit à une embrassade langoureuse.

— Merci, murmura-t-il à son oreille.

— De rien. Ton cadeau doit être le point de départ d'une récréation d'adultes cette nuit, promit-elle d'une voix si sexy qu'il en frémit d'impatience.

Comme elle se pressait contre lui, il se laissa griser par son parfum et songea que oui. Décidément, oui : il était l'homme le plus comblé de la terre.

Vous avez aimé ce roman ? Découvrez la suite
de votre série « Revanche & séduction »
dès le mois de février dans votre collection Azur !